妳沒說再見。

橘子作品 24

Last Farewells

自序

我會

我會記得二〇〇六年的那個夏天，我在花蓮面海的民宿裡，一邊恍恍惚惚地望著夜裡的海，一邊讓畫面慢慢在腦海裡浮現，是如今這故事開場白的最初畫面、在幾番修改之後。

我會記得二〇〇七年的某個夜晚，我在台中一家商務旅館裡，既寂寞又無聊的轉著電視頻道，然後定格在龍應台的專訪裡，然後我再一次想起這擱置在心裡的故事，並且試著讓它慢慢成形。

接著是二〇〇八年，從新加坡書展回來的那個秋末冬初，我以爲我準備好了，我確實也寫下了最初版本的開場白，然而卻這麼一卡稿就幾乎整一年，直到二〇〇九年的每一天，我都覺得自己就要開始展開這故事了。

然而眞正開始卻是到了二〇〇九的最末、讓自己放了三個月的空白長假之後，才終於確認我是準備好了，準備好了開啓這部作品，這部在《我想要的，只是一個擁抱而已》之後，我希望它能成爲新的代表作的故事。

是懷抱著這樣的心情和態度，所寫下的故事。

於是我會記得，在二〇〇九的某一個星期裡，我是如何猶豫不決女主角是該叫做藍又時還是夏雨謙，因爲不同的名字、所發想出來的就是不同故事了；並且我會記得，在二〇〇九年的某一個月裡，我是如何爲了開場白裡、那夜裡的電話究竟是該由誰來響起，而反覆重寫到幾乎又想放棄、眞的很想乾脆狠下心來直接放棄算了。

還有我會記得，在二〇〇九年的某一個夜裡，因爲在寫由三張舊照片串成男主角童年的章節，我走火入魔似的上網查詢相機的發展歷史，鍵入一個又一個不同的關鍵字，伸著脖子研究一個又一個的網頁，直到天矇亮時才醒悟過來、嘲笑自己這是幹嘛？我又不是在寫介紹相機歷史的書，難怪我會寫得一直犯胃痛還有背發炎，然後開始痛恨爲什麼上醫院要這麼花時間。

尤其我會記得，故事裡男主角的那兩場惡夢以及那整晚的胃抽痛，實際上就是那天我自己的狀態完整寫進書裡、改變成爲故事的一環：那天我因爲胃痛難耐於是不甘願的停下寫稿、睡覺休息，然後因爲接連兩場惡夢驚醒在夜裡，在坐直身體的當下、我堅信不疑這是故事在呼喚我的暗示，於是趕緊跳下床去繼續把故事往下寫去，這讓我感覺好像回到了最初寫作的那個自己。

而在寫作的過程當中，我會一直分心想到，當故事裡的他們正經歷著那些情節的時候，現實生活中的我、當年是在幹嘛？過著什麼樣的生活？經歷著什麼樣的事情？

而這本書，我想要獻給一起成長的朋友：陪著橘書一起成長的你們。

橘子

二〇〇九・夏

雨。喪禮。和他的出現

開始是因爲一場雨。

◆之一 夏雨謙

那是一個下雨天，五月裡的某一天，不確定是不是全台灣都下雨的一天，只曉得台北是下了整天的雨，整整二十四小時都下雨，連一分鐘也不休止的落著雨，是這樣程度的一個雨法，在五月裡的那一天，那個下雨天。

時大時小的雨聲，透過旅館的窗聽來像是一曲亂了旋律的無伴奏，時而激情，時而哀傷。當我意識到手指頭開始不經意的隨著雨的旋律而在椅背上敲打著節奏時，本來我以爲自己是會接著起身，動手爲這場雨譜上合適的曲子甚至是塡上合適的歌詞、就像從前那樣，但結果我只是把手抱回膝蓋依舊蜷在單人沙發上，維持原來的姿勢繼續恍恍惚惚地呆望著雨，這樣而已。

夜裡的雨。

雨看膩了就把視線擱回電視，電視看煩了就重新看著窗外的雨，是這樣度過我的一整天，而至於擱在桌邊只咬了一口的早晨三明治和早已經失去溫度的熱咖啡，則依舊是碰也沒碰的擺在那邊。

那邊。

我再一次的望向保險櫃，我想把鎖在保險櫃裡的那兩袋安眠藥拿出來，可是我不確定這分量是不是足夠？我告訴自己或許可以打電話問問家揚。

他會怎麼想？

我要求自己把視線從保險櫃移回電視裡。

夜裡的電視正重播著龍應台的專訪，專訪裡她輕聲細語的說起自己這些年來的轉變，從《野火集》的作家龍應台，轉變成爲《目送》的母親龍應台，聽著她以細細柔柔卻感情表露無遺的語調描述著親子互動的日常瑣事時，我突然羨慕了起來。我不禁分心想道：如果我的媽媽不是明星卻是作家的話，那麼我的人生會不會就完全不一樣？

或許吧。

可是那又怎麼樣？反正媽媽早已經不在了。那麼我還等什麼？

等什麼？

就是在這分心的當下，我的手機響了起來。

我想起重新搬進旅館的這一個月以來，我的手機確實是響過幾次，好幾次；各式各樣的人響起我的手機，爲著各自不同的目的，可是我連一次也沒接，沒接也沒回，因爲沒有一通是家揚的來電。

接什麼？

而這次我接起。我認出這是父親的電話號碼，我疑惑他怎麼會在這時刻打來給我？

對於早已經斷絕聯絡的父女而言，夜深確實不是個通電話的好時刻。

但卻是死亡的時刻。

『妳父親方才過世了，腦溢血，急救無效。』

這是他開口的第一句話，在短暫的沉默確認之後，接著是第二句：

『對於腦溢血而言，這年紀是太早了。』

直到這個時刻，他的話以及話裡的意義才終於得以從我的耳膜進入到我的腦子裡；一時半刻間我還分不清楚當下我的感覺是什麼？震驚？害怕？或後悔？我只知道我有好多的疑問想問他，可是我的喉嚨好乾我說不出話來，連一個字也說不出來，連聲音都發不出來。

低頭，我喝了一口走味的咖啡；抬頭，我的視線又挪了方向；耳邊，我聽見他說：

『時候還沒到。』他又說了一次，『妳起碼得等到喪禮結束。』

「什麼？」

『妳現在正看著想著的東西，時候還沒到。』

安眠藥，保險櫃。他怎麼知道？

『妳起碼得參加他的喪禮，送他最後一程，他終究當過妳的父親。』

「你是誰？你怎麼——」

『那麼，喪禮見。』

最後，他只這麼說。

用你想要的方式道別。

在父親的喪禮上，我想起這句令人印象深刻的slogan，我想問問躺在棺木裡的父親：這就是你想要的道別方式嗎？

父親的喪禮出乎我意料之外的隆重、盛大以及鋪張，鋪張到簡直可以說是熱鬧的程度；抽掉喪禮上的黑衣服以及顯眼處的遺照和棺木的話，不明就裡的人或許會誤以爲這是一場舉行於白天的社交派對吧？

前來弔唁的賓客人數比我預期的還多，太多。不用說他們當然都是認識父親的人：親友、生意夥伴以及員工。但我懷疑父親是不是全都認得這些人？

我替父親感到慶幸，此刻他可以事不關己的躺在棺木裡而不用到處應酬寒暄。

在我記憶裡的父親是個極度低調的人，我實在難以把這場喧嘩的喪禮和我記憶裡的父親融合成爲一體。

或許十年的歲月是真的會把一個人給完全改變吧？

低調到幾乎冷淡的父親。

還住在家裡的那幾年，我所認識的父親是下了班就直接回家的那種企業家男人，不，更精準的說法是：下了班就直接回家走進他的書房，然後，緊關上大門。晚餐會由傭人端進他的書房，洗澡他就走去和書房連接的浴室，偶爾我會看見他下樓找些什麼的背影，不過也只是偶爾。

低調到幾乎冷淡的父親。

沒有必要的社交場合、父親是絕對不會參加的，然而往後回想，我甚至還有點懷疑：是不是連必要的社交場合、父親都不肯參加也說不一定。也於是當我在剪貼簿裡看見他們的那張剪報合照時，我的感覺也是驚訝。

相當驚訝。

那是父親和媽媽唯一的一張公開合照。報導的標題是「夏天與夫婿共同現身慈善晚會」，報導的內容是已爲人母的夏天依舊美豔動人，夏天侃侃而談保養之道：愛情。

『香奈兒女士說不搽香水的女人是沒有未來的，而我則覺得，沒有愛情的女人就算是美也美得多少空虛。』

媽媽如此說是。我很高興記者把媽媽的這句話寫進訪問裡，那時候我花了好久時間才幫媽媽想出這句話的。

在訪問的最末，夏天微笑表示不否認復出的傳聞。

報導的日期是他們離婚的前一年。報導上的照片其實早就暗示了一切。

照片裡是媽媽神采煥發的接受訪問，即便已經淡出演藝圈好多年，但被眾多麥克風與鎂光燈所包圍、推擠的媽媽，看來依舊比任何時刻、我眼中的媽媽，都要來得自在。天生的巨星，我想起他們如此說是。

而至於照片裡的父親則是安安靜靜的站在媽媽的身後，安安靜靜站在後方的父親，眼神與其說是望著媽媽倒不如說是把視線擱往媽媽的方向；父親的臉上是微笑的表情，但在我看來，那表情卻像是禮貌的忍耐。

我注意到照片裡的他們沒有牽手。我從沒看過他們牽手。

我注意到喪禮上沒有媒體的出現。

也對，夏天都已經過世那麼多年，而他早已經不再是夏天的丈夫，也於是父親不再有被報導的價值了。我不也是？

父親解脫了。

我注意到喪禮上有道男人的目光一直追逐著我，可是往回頭看卻只見一片黑壓壓的人頭；我不知道目光的主人是誰，但我知道那不會是家揚。我覺得很不自在，我想走了。

我轉頭問父親的妻子：

「那天用父親的手機打電話給我的男人是誰？」

『杜先生。』她說，『他說他是妳爸媽一起長大的老朋友，但我不認識他。』想了想，她又說：『不算眞正認識他。』

而且妳反正樂得讓他代妳打那通電話給我，無論他是誰；對妳而言，這反正也沒有差別。

「他有來嗎？」

『我還沒看到他，現場的人太多了。妳要不要和我一起去向大家打招呼？他們也想和妳說說話。』

我沒理會她語末的那一句話，我告訴她：「原來妳也知道人太多了。妳確定這是父親想要的喪禮？」

摘下墨鏡，她有意讓我看清她此刻臉上的慍：

『聽著，我很抱歉介入他們的婚姻，但請妳記得這個事實：在我出現之前，他們的婚姻早就出了問題，我不是搶了妳爸爸，我是救了他。』

「那是妳的說法。」我說，「我要走了。」

她在我身後喊說：『妳是家屬，妳得待到喪禮結束，妳起碼得爲妳爸爸做到這點。還有很多人想向妳致哀——』

「但他們我一個也不認識。」轉頭，我告訴她：「而且，你們哪來那麼多起碼？」

『請待到喪禮結束。』她重複了一次，她這次軟了口吻，但語氣卻依舊堅定：『請給妳爸爸留下最後的尊重。』

「我反正不過是學他而已。」

我說，然後，走掉。

代我問候媽媽。

抬頭望了棺木最後一眼，在心底，我這麼告訴父親，然後，我離開。

我沒說再見，因爲他們也是。

◆之二
杜宇維

我沒去喪禮。

喪禮舉行的這天我醒得很早，早得連自己都覺得不可思議的那種程度。低頭我看見狗還抱著拖鞋趴在床下睡得呼呼作響，抬頭我捉起床頭的鬧鐘，接著再轉頭望向窗外的天色，一時間還無法搞清楚此刻究竟是早晨五點鐘還是黃昏的五點？這花去我一根香菸的時間才終於弄明白是前者；而從了解此刻是早晨五點鐘到接受自己醒在這時刻的這事實則又花去我另一根香菸的時間。

在第二根香菸的時間裡，我起身坐在床上，歪著頭呆望著指間的煙絲，試著想要捉住醒前的那一場夢。

簡直就像是爲了它而醒來似的、那場夢，在夢裡我們一句話也沒有，是這樣一個無聲的夢。

夢裡我們都已經是大人的模樣，已經是大人模樣的她，在夢裡卻是以小女孩的姿態由父親牽手走著，然後我們相遇，在一個類似遊樂場的地方，可是這整個遊樂場裡卻只有鞦韆兩座；接著下一個畫面，是我站在雲上，仰頭看著她和她爸爸盪著鞦韆越盪越高也越來越遠，而夢裡的他們，笑得好燦爛。

那是天堂的模樣嗎？

妳想要告訴我什麼？

我想起曾經聽過的這個說法：夢見亡者是相思太重，也是緣分未了。我不知道這個說法的可信度有多少，我說不上來此刻的我是什麼感覺。

就算是緣分未了又能怎樣？

把菸捻熄之後，下床我筆直的走進浴室裡把身上討厭的冷汗沖洗掉，再走出浴室時，狗已經醒了過來站在浴室的門口搖著牠圓圓短短的尾巴示好。牠看起來一副很餓的樣子。剛把狗接過來養的時候，我常常被牠這張看起來總是餓壞了的可愛醜臉給騙倒。

「不行，你得先去散步才行。」我果斷的告訴牠：「你敢在廚房裡偷尿尿我就要罰你不准吃零食。」

牠一副不情願的表情回應我，我看得忍不住笑了出來：

「走啦你，拿出一點狗的樣子好不好？」

出門，散步，回家。

當大門都還沒關好完全時，狗就已經搶先一步衝到廚房等著。

「你喲。」

我笑著摸摸牠大大的頭，接著洗了手，然後開始為我們做早餐。

今天的早餐是生菜沙拉還有烤土司兩份，狗的那份是不沾醬的生菜和不抹醬的烤土司對切，雖然是隻懶散好色又不受教的滑稽笨英國鬥牛犬，不過對於吃這方面、倒是沒話說的不挑嘴。而至於我的這份則是淋上凱薩沙拉醬以及抹奶油烤土司，接著再給自己泡了杯即溶的UCC，最後打開早晨的MV台，就這樣，我們一人一狗看著MV聽著音樂吃早餐。

早晨的MV。

只要是早起的日子，我就會打開MV頻道和狗一起度過我們的早晨。狗會把牠寬寬的下巴靠在我的腳掌上面睡覺，而我則是以骨科醫師會最不苟同的舒服坐姿陷在沙發上看著、聽著、回憶著。

我最喜歡早晨MV的一點，不是它沒有VJ的廢話連篇以及花俏打扮——彷彿主角不是音樂卻是他們——而是它就這麼不囉嗦的播送著一首又一首的歌曲，多純粹，多美好。儘管有些時候播送的是新MV、新面孔，不過絕大多數的時候還是以舊MV、老面孔居多，在這早晨的MV裡，而我總能從其中看見熟悉的面孔或者只出現一秒鐘畫面的名字——包括我自己——然後透過電視螢幕向這些老朋友們以及過去的我自己打個無聲的招呼。是這樣子度過一個回憶時光的早晨MV，在早起的日子裡。

雖然也不願意，但是每當這個時候，我就會像是個滿抱回憶的老頭，開口告訴腳邊時睡時醒的狗：這個誰誰誰當初是如何又如何，如今是如何又如何，而我又是如何又如何地看著他們從新人變成巨星，從巨星走向傳奇，傳奇成爲不朽。

而夏天也是。

整點一到，MV台像是換了決定似的、開始播放起近期的新MV。伸了個懶腰、我起身，開口告訴自己也告訴狗、差不多也該打掃房子了，而狗抬頭看了我一眼、接著又換了個姿勢、伸展著四肢繼續呼呼大睡；低頭、我找著遙控，抬頭、卻被螢幕上梁靜茹的新專輯裡頭的〈情歌〉給吸引注了目光。

手裡握著遙控，我重新坐回沙發。

這首新的〈情歌〉是攪到我記憶深處裡的什麼了，我心想。瞇起眼睛我想看清楚曲子創作者甚至是MV導演是誰，不過不用說的、副歌都已經唱過一次了，當然是已經錯過了那一秒鐘的畫面。

關了電視，我給自己點了根菸平復思緒也梳理心情，只不過電視雖然是關了，但這首〈情歌〉卻依舊在我心底我腦海繚繞不散。

不散。

你寫給我　我的第一首歌
你和我十指緊扣　默寫前奏　可是那然後呢
還好我有　我這一首情歌
輕輕的　輕輕哼著哭著笑著　我的天長地久

詞／陳沒　曲／伍冠諺

我其實去了喪禮。

正確說來是我確實去了喪禮、而差別只在於我並沒有走進去而已。

簡直像是遊樂園似的、這喪禮。站在會場外頭往裡望去時，我幾乎都要懷疑裡頭是不是還會有一束束醜斃了的沒格調大遮陽傘所撐起的一束束小攤子，販賣著他們公司所代理進口的香氛產品以資紀念故人夏公存德的辭世；甚至在會場的一隅會不會還請來一隊好熱鬧的馬戲團表演著好可愛的餘興節目以感謝各位致哀者的參與、也教人不禁懷疑。是這樣一場令人搖頭的喪禮。他的喪禮。

他怎麼會適合這樣的喪禮？

「但願他們沒有請來哭墓團誇張哭嚎他的過世。」

我告訴會場入口的接待者，結果這位年輕的男子對我投以異樣且慌張的眼神。我差點都要脫口而出要他別害怕了。

我認不出來這年輕男子是他的誰？後輩、職員或朋友？我們已經好久沒聯絡了；我最後一次見到他時是前幾天的病床上，他打了電話給我而我去看他，而再上一次——太久了。

我好奇他會是什麼感覺？此時躺在棺木裡供眾人致哀行禮的他，倘若看見這場爲他而舉辦卻完全不屬於他的喪禮，他會不會也在棺木裡頭搖頭嘆息？

你愛錯人了。

「改天再來看你吧，夏老兄。」

我說，只不過這會兒並沒有再說出口，我沒打算再增加這位年輕男人的恐懼程度，雖然那應該會滿好玩的。

「反正你也跑不掉了。」

折回路口，我伸手攔了輛計程車，結果沒想到停在我面前的就是方才載我來的同一輛。

『走錯會場囉？』

透過後視鏡，計程車司機笑著一張臉問我。

「記錯日期了。」我告訴他，「年紀大了的結果就是連這種事情都可以搞錯。」

『你看起來才幾歲啊？小兄弟？』

我注意到他最後那三個字說得好奇也問得好奇。我沒打算回答他的這兩個問題，我請他載我到雨謙long stay的飯店。

『好久的旅館囉，眞沒想到還在經營啊。』

「是啊，眞了不起。」

『連計程車都不去那裡排班囉。』

「沒落了嘛。」

『看不出來像你這樣的年輕人會想要去這樣子的老旅館呢。是房客嗎？還是去探朋友？』

「探朋友。」我正經的告訴他，「探死去的朋友，老朋友。」

『喔。』

司機一副見鬼了的表情閉上他的滿口好奇。他僵直身體，直視前方，專心駕駛。

把視線挪向內外的街景，我開始享受起這趟旅程。

旅館。老旅館。

夏天多年前曾經long stay的旅館，而今她再一次選擇了long stay的老旅館。

她比我預期的還要早從喪禮回到旅館，也比我想像中的還要更像夏天。我第一次看到照片上的她時、她還是個眼睛都睜不開的軟軟小娃兒，我上一次看到她時、是在公司的會議室裡，她那次並不認得我，而這次也是。

她看到我的反應就如同我看到她、同樣是驚訝。我們同樣穿著喪禮意味濃厚的黑色套裝，只不過差別在於她的下身是及膝黑窄裙，而我是黑色寬長裙；她那方面是怎麼樣的想法我無從得知，但我自己第一眼看到她的感覺是楞住。

我彷彿看到了另一個夏天，死而復活的夏天。

如今的她，比那時候的她更像夏天。

『你是打電話給我的那個人？』

走近我，她開口；而我點點頭，只能先點頭。我還沒準備好怎麼適應這個她，這另一個夏天。

然而近看我才發現，她雖然擁有和夏天相似的臉孔，但臉上卻缺少夏天獨特的神韻和光采，兩者之間的差別在於：夏天因此成為巨星，而她則只是個普通的美女，或許這就是那時候的她失敗的原因吧。

此外她的身形是模特兒那種程度的細瘦，而夏天則是豐滿，她這點大概是遺傳自父親吧、我想。不知道是不是因爲過度細瘦的緣故，她看起來很疲憊的樣子，氣色差、而且嘴唇很蒼白，這點和夏天是最大的不同。在我記憶裡的夏天總是活力充沛到令人無法掌握的程度——或許連她自己也是吧？總是狂喜狂躁狂憂狂歡的夏天，習慣把自己的情緒放大到誇張且極致的夏天，與生俱來就擁有的感染力的夏天，旋風似的感染著、影響著她生命中每一個人的夏天，直到她死前、她死後，都是。

「好久不見。」終於，我開口說，「喪禮結束了嗎？」

她點點頭，同時防備意味極重的反問我：『你怎麼知道我住這裡？』

「我知道妳們住過這裡，妳和夏天，妳母親。」

『你是誰？』

「我是妳母親的朋友，我認識她一輩子了。」

看著她，我說：

「我是最後見到她的人。」

第一章

人是會失去的。

◆之一 夏雨謙

那是我兒時記憶最深刻的一個回憶，那是我即將升國中的夏天，那天媽媽反常的早起，一大清早就心情愉快的在廚房裡哼著歌曲做早餐，歌聲愉快得讓我不禁懷疑昨天他們在夜裡的爭吵會不會其實只是我自己發了一場關於他們吵架的惡夢？

結果並不是，不是惡夢而是他們確實又吵架了，因為下樓經過爸爸的書房時，我看見管家正蹲在地板上清掃碎玻璃。

「蘭姨、早。」

『啊、謙謙醒啦？早餐想吃什麼？要不要蘭姨先去幫妳買？』

「不用了。」指著廚房的方向，我告訴她：「媽媽好像在做早餐，我聽到她在廚房裡唱歌。」

『她也有可能只是在廚房裡唱歌而已。』她說，然後她更小聲的接著說：『真搞不懂什麼樣的女人能夠前一晚還和老公大吵大鬧，而隔天卻興高采烈的唱歌。』

我假裝沒聽到她的這句話。

我知道蘭姨一向是站在爸爸那邊的，可是我不知道蘭姨爲什麼一向就站在爸爸那邊，她難道不也覺得會動手打女人的男人很可惡嗎？

我沒想過要問。

我繼續走向廚房，我看見站在廚房裡正在做早餐的媽媽，我發現首先我不得不做的第一件事情就是檢查媽媽的臉上有沒有傷痕。

結果是沒有，這一次沒有。

媽媽的臉上沒有瘀青，而眼睛也沒有哭泣過後的紅腫；看見我之後依舊沒有停止哼歌的媽媽，神情愉快得就像是他們昨天夜裡不但沒有激烈爭吵，而且今天他們還相約了等爸爸下班之後一起外出用餐，甜蜜約會。

我搞不懂這是怎麼一回事。

『我在做蛋捲。』媽媽頭也沒回的說，『過年的時候我們在峇里島的飯店早餐吃到的那種鹹鹹的有橄欖的煎蛋捲，記得嗎？』

「Omelet。」

『對，Omelet。』媽媽跟著開口唸了一次，接著她說：『不知道爲什麼今天醒來的第一個念頭就是好想吃Omelet喔！可能是昨天夢到海吧。』媽媽笑著說，『能夠一邊吃早餐一邊看海眞的是很棒，不過看來我這次是做失敗了吧，眞討厭。我果眞不是下廚的料。』

「妳昨天有睡嗎？」

我小心翼翼的問，而媽媽的反應則是驚訝：

『有啊，當然。』

媽媽說，然後笑了起來，接著她傾身彎腰親吻我的額頭時，我聞到媽媽身上搽了香水，我這才想起這個熟悉的香水味已經好久沒有出現在媽媽的身上了。

『我幾乎可以說是因爲這瓶香水而嫁給妳爸爸的。』

我想起媽媽曾經這麼告訴過我。

我覺得有個什麼怪怪的。

我想起有回夜裡媽媽突然一個人開車去到花蓮因爲她突然想要看海。之所以會知道是因爲那天凌晨家裡接到加油站的人替媽媽打來電話求救：車沒油了，又忘記帶錢。後來我央求司機載我一起去接媽媽回來。而我印象最深刻的是回家之後他們居然沒有大吵一架，因爲掛上電話之後，爸爸看起來又要爆發的樣子。

我緊張的問媽媽：

「妳要去哪裡嗎？」

『離家出走。』

我楞住。

『被我騙到了吧？』媽媽得逞似的笑了起來：『我的演技還是很優啊。』想了想，媽媽又說：『還有唱歌也是，嗯，還有外表也是。』

接著下一秒，媽媽又換了個心情似的，說：

『走吧，我們去吃Omelet，有家新開幕的旅館早餐有Omelet喲。那家旅館的經營者是媽媽的粉絲呢。』

可是我等一下有鋼琴課。我想這麼告訴媽媽，可是媽媽已經開始往門口走去了，我於是只好捉了皮包追上她：

「皮包。」

『嗯？』

「媽媽又忘記帶皮包了。」

『喔，對。』揉著我的頭髮，媽媽笑著說：『還好謙謙沒有遺傳到媽媽的粗線條，眞好。』

『我帶謙謙去買新書包。』

在門口，媽媽這麼告訴司機，然後從他手中接過車鑰匙，無視於司機的錯愕，媽媽嫣然一笑：『她下個月就開學囉，很快吧？』

『可是先生出門前才特地交代——』
『我們中午前就回來。』
『夫人——』
上車，發車，離開。
「學校會發書包，國中。」
在車上，我告訴媽媽。
『我知道。』
媽媽想也沒想的就回答。接著她又聊了一次我升國小那年，她是如何迫不及待帶我去買新書包，接著又是如何困窘的發現原來學校就會發書包，於是開學那天她索性就自己揹著那只書包送我去上學，因爲她是眞的好喜歡好喜歡那只日本小學生用的皮書包。
那天我們在學校門口造成轟動，後來我才知道並不是因爲媽媽揹著書包送我上學、而是因爲她的出現，那時候我才開始慢慢了解我的媽媽和別人的媽媽不太一樣的這件事情。
我的媽媽是明星，大明星。
『希望謙謙也會喜歡妳的國中三年喏，因爲媽媽很喜歡我國中的那三年。』
此刻，媽媽正在說。
『不愉快的事情很多，但快樂的回憶也不少，總結來說，是個難忘的三年呢。』媽媽笑了起來：『告訴妳喔，妳爸爸在那時候就開始暗戀我了。』

「哇！」

『不過那時候我有喜歡的人了。』

「我認識嗎？」

『不認識，還不認識。』媽媽快快的說，媽媽接著又說：『我本來想幫妳取名爲夏午的，夏天的午後，這名字不是很棒嗎？而且和媽媽的藝名一對啊。更別提筆劃少了很多不是嗎？』

「夏午。」

我開口試著唸了一次，不過怎麼聽都覺得怪怪的，怎麼樣都不像是屬於我這個人的名字，但筆劃少的這件事情是眞的很棒，我的名字筆劃好多，而且常常會被亂取綽號。

『……可是妳爸爸說這名字太亂來了，他不要他的小孩取一個這麼藝名的名字。他總是說我太亂來了。』

「喔。」

『可能他是對的吧。』

「嗯。」

『不過他也不喜歡妳現在的名字，夏雨謙。謙謙自己喜歡嗎？』

不是很喜歡。

『我們倒是很喜歡，夏雨謙，下雨天，呵。』
「我們？」
沒聽見我的發問，媽媽自顧著沉浸在回憶裡。
『總之，媽媽自己很喜歡這個名字，簡直就像是爲了想要擁有這個名字而生小孩那樣子程度的喜歡啱。』
深呼吸，我把今天以來一直壓在心頭的疑問，小心翼翼的問出口：
「你們是不是要離婚了？」
沉
。
默
預謀。
往後回想起來，我是這麼認爲著的。Omelet只是藉口，而離家出走則非玩笑，差別只在於，媽媽一開始或許並沒有想要帶我走。這是我心底永遠的疑問，而答案則永遠封存在媽媽的心底。
抵達旅館之後，媽媽不是一如往常把車交由門僮卻是自己直接把車開進停車場，接著我們搭員工電梯直達頂樓客房，雖然途中完全不會有遇到其他房客的可能，不過媽媽還是謹慎的戴上了遮去她半張臉的大墨鏡。

『媽媽今天沒有化妝不想被任何人看到，所以我們待在旅館房間裡吃早餐好嗎？』

媽媽語帶歉意的問，而我則是安靜的點頭，我無所謂，沒意見。我們就這麼沉默直到服務生響起客房門鈴，媽媽給了她豐厚的小費贏得她頻頻的道謝，接著我們就著台北的街景，各懷心事的吃著這份稍遲的寧靜早餐。

『再說一次這個怎麼唸？』

指著餐盤裡的煎蛋，媽媽找話聊似的問。

「Omelet。」

『嗯，好棒。』

把杯子裡的咖啡也喝乾之後，媽媽點起了她今天的第一根香菸，往常媽媽在我面前抽菸時，總是會扮著鬼臉要我別學、又或者多此一舉的交代我別告訴爸爸或者蘭姨，但這次她沒有，兩者都沒有，透過煙絲，媽媽苦笑著問我：

『樓下有游泳池，謙謙想去游泳嗎？』

「媽媽也一起去嗎？」

『今天先不了，媽媽有點頭痛，想要睡一下。』

「好。」

仔細聽著媽媽說著商店街的位置、以及如何簽房帳買泳衣之後，我看著媽媽鑽進被窩裡頭，這時候我仍在客房裡磨磨蹭蹭了一會兒，直到聽見她規律的鼻鼾聲之後才終於放心的拿起鑰匙離開。

在輕聲關上客房的門以免吵醒媽媽時，我並沒有想到，這裡將會是往後我們長住三年的地方。

三年。

關於那天，我還記得些什麼呢？

我記得商店街那位銷售小姐的表情，當我獨自走進商店時，她眼底的戒備讓我覺得自己好像做錯了什麼事情，而我居然不知道自己做錯了什麼事情、這是最最讓我覺得不可原諒的一點；我記得她的手一直就按在電話上頭，好像她隨時會報警逮捕我、一旦我做出她認為我即將會做出的行為時。

我還記得當我選定泳裝並且在簽帳單上寫下房號時，她臉上表情的轉變，我看見她鬆了口氣，接著是眼底的驚訝。

我也記得那座偌大的游泳池，在往後三年的某一天裡，我將會終於在那裡學會換氣和蛙式，並且在那座泳池邊，我會聽到我生平第一次的這種讚美：妳遺傳了妳媽媽的漂亮。妳也喜歡唱歌和跳舞嗎？

往後我將不斷不斷聽到同樣的話語和問題。

我還記得那天當我第一次回到客房看見媽媽還蜷在棉被裡睡時，我的反應是鬆了口大氣。

坐在床邊看了一會兒關掉聲音的電視之後，我獨自下樓去午餐。更多更多的狐疑和驚訝的表情、在旅館的餐廳裡，我記得；當時我曾經以為那是因為他們認出我的媽媽是夏天，然而往後我才知道，原來他們驚訝的是我這年紀的小孩怎麼會獨自在那樣的旅館裡四處走動？而媽媽則是他們最好的解答——原來是夏天的女兒啊，那難怪。因為是夏天的女兒，彷彿這因此而合理了所有的一切。

我也記得大廳角落的那架白色鋼琴，往後它成了我練琴的地方、每當大廳的鋼琴演唱開始之前，我總會在那裡練一會兒鋼琴，有回一位胸前很多雀斑的外國女士還因此給了我很多的掌聲和一張十塊錢美鈔。每次說起這件事情時，媽媽總會笑得樂不可支、前仰後合。總是用力笑著的媽媽。

用力笑著，用力活著，活得忘我，我的媽媽。

當我第二次回客房的時候，媽媽也正在笑著。

『……一想到以後自己走進專櫃去買我代言的香水這畫面就覺得好好笑。好啦好啦，當然我知道會有助理買，只是想像一下那個畫面，好玩嘛。』看見我之後，媽媽伸出食指示意我等一下，接著她告訴電話的那頭：

『謙謙回來了，下次再聊啦。』然後，依舊是一陣用盡了全身力氣似的笑：『還有，請轉告他，夏天等著他再幫我寫歌。』

掛了電話之後，媽媽手叉著腰，神采飛揚的說：

『好啦，媽媽從明天開始就要努力減肥了，所以，我們今天去大吃特吃吧。』

「爲什麼要減肥？」

『因爲媽媽決定要復出囉！雖然不是現在，但相信也不會是太久的以後，所以不瘦下來會塞不進漂亮的衣服啊。』給了我一個大大的擁抱之後，媽媽拿起皮包，說：『走吧！我們還有好多的東西得買呢。』還有：『還有，因爲怕會吵到謙謙念書，所以我們請旅館幫我們換成相連房好嗎？』

「相連房？」

『嗯，兩個肩並肩、臉貼臉的房間，雖然是獨立的兩個房間，不過牆壁中間有門可以互通喲。』

「喔。」

所以你們是眞的要離婚了嗎？

我想問，但我沒有問。

我只是說了聲：好。然後跟在媽媽的身後走著，在關上房門之前、我最後看了床頭的電話一眼。

而，往後三年我將會知道的是：桌上的那具電話，是他們爭吵的唯一途徑和工具，儘管是透過一牆之隔，我依舊能夠清晰聽到他們在夜裡透過那具電話的激烈爭吵。

他們拖了四年才終於離婚。

◆之二
杜宇維

有人陪著你，甚至幫著你一起記憶人生的點滴細節，是一件幸福的事。

阿姨如此說是。

聽說在我牙牙學語的階段，我依序說出的字彙分別是：媽媽、嬤嬤和姵姵。

前面兩個字彙的由來好解釋。

雖然沒有正式調查過，不過我想媽媽這語彙搞不好是全天下不分人種不分語言的所有人在初來乍到這世界之後，張開嘴巴所吐出的第一個語彙吧？或者也可以說是接近語彙的發音也不一定；甚至在往後的人生裡，我看過不少成年人在死前的最末一刻喊的也是媽媽，差別只在於語調的不同而已。這生與死，這最初與最後，這人的一生，居然如此相似。我還記得當我明白到生與死的相似程度竟是如此之密合時，曾經驚訝得好幾天都說不出話來。

第二個語彙是嬤嬤，就緊接在我脫口而出媽媽之後。

實際上我有點懷疑這件事情的眞實性，當往後我自己也有機會親眼看到那些站還站不穩的軟綿綿幼兒時——大人究竟要如何才能分辨清楚媽媽與嬤嬤的不同呢？當發聲的對象尤其又是個咿咿啞啞並且他們自己也不知道自己在說什麼的表達能力是零的軟綿綿幼兒時。不過無論如何她們就是聽懂了，這事在當時也因此劃下了完美的歡樂結局——我是指當那個咿咿啞啞並且自己也不知道自己在說什麼的表達能力是零的軟綿綿幼兒是我自己時。

我先說了媽媽，這讓辛苦生下我的媽媽喜極而泣的笑了，我再說了嬤嬤，這讓全心帶大我的阿嬤付出沒有白費，並且我沒有接著說出爸爸，這讓她們免於尷尬或者心酸。

我從來沒有看過我的父親，只聽說他長年在日本經商，不過我從來沒有看過他回來，也沒見過父親那邊的家人，而至於爲什麼則從來沒有想過要問，我只是在想那應該不關我的事吧；有很長一段時間、我甚至還滿驚訝爲什麼別人家會有爸爸這號人物存在的。

關於我的爸爸只剩下家裡那台從日本飄洋過海而來、在那個尋常百姓家裡連電器都沒有的物資缺乏年代裡、顯得極爲珍貴、珍貴得甚至奢侈的佳能相機，沉默地印證著她們對於父親眞正存在的說法。

而至於姵姵，爲什麼我無意識學會並且脫口而出的第三個字彙竟會是姵姵呢？這對於我或者是姵姵本人而言，都是我們人生中的最大謎團。

如果這是姵姵告訴我的，那麼無須費心猜疑即可斷言這又是她在騙我，不是因爲姵姵她很愛騙我、而是因爲她記性極差，常常她事情都記對了、但人物卻全錯了。但這事偏不巧是阿姨告訴我的，並且每每說完這故事時，阿姨總會不厭其煩的在最後加上一句：

『怎麼會是姵姵呢？應該是姨姨才對吧？你這小子沒良心哪，少說我也幫你換過尿布、拍過背、餵過奶，更別提忍受過多少次你的半夜哭鬧啊還不能動手打你呢這才是眞正氣人耶。』

說得好。

阿姨不只告訴我關於我的人生中首先說出的三個關鍵單字，連同那個畫面也一併以說故事的姿態告訴了置身其中而當時卻尚未擁有記憶能力的我。

『你這小子幸運哪，出生在一年之中最好的季節裡，連帶往後過生日都是。哪像我，出生在夏天最熱的時節哪。』

阿姨如此說是。

那個畫面。

那是我即將滿週歲之前，夏天的酷熱已經漸漸淡去，而冬天的寒冷又還沒到來，雖然白天的氣溫還是沒有降下來，不過早晚總算可以感受到秋意送來的微風輕拂著肌膚和這世間所有的一切；在這般夏末秋初的黃昏裡，阿嬤總是會拉把椅子抱著我坐在門口曬曬夕陽、納涼吹風，同時等著媽媽騎著腳踏車下班回家。

是在這樣子的一個畫面裡，我首先說了「媽媽」。接著在一陣混亂的驚呼聲中，繼續說了「嬤嬤」。然後，誰也搞不懂爲什麼的，接著我說的是：「姵姵。」

『這就是爲什麼姵姵也在照片裡的原因啦。』指著這張泛黃的翻拍老照片，阿姨說：『那時候姵姵讓她媽媽牽著手，站在門口等她姐姐下課回家。』

如果不是阿姨的這番圖解說明，誰也看不出來這正正經經站成兩排的姵姵一家四口以及我們三個人外加一隻狗——阿嬤抱著我，而媽媽牽著阿姨的狗——的照片所要表達的是這故事吧？爲了紀念我最初開口說話所拍下的照片，這、我人生中的第一張照片。

『你這小子難得哪！多少人有這機會讓人生中的第一張照片就有大明星夏天站在身邊合照呢？』

想了想，阿姨改口道：『不過當然那時候她還不是夏天，她還只是三歲大的姵姵。』

這倒是。

『知道嗎？你還眞的可以說是夏天的第一位歌迷呢。小時候每當你哭鬧不休啊、不坐推車硬是哭著要人抱、可是我們又都在忙走不開的時候，姵姵就會主動跑到你面前唱歌給你聽、跳舞給你看，然後很神奇的是，你眞的就會安靜下來開始傻笑了喔。』

可是姵姵爲什麼總是待在我們家呢？

『因爲以奴啊，你忘啦？』

對，以奴，我想起來了。

『姵姵好喜歡狗啊，可是她爸爸對狗毛過敏不能養，所以姵姵時不時就會跑到我們家找以奴玩哪。』

以奴，阿姨養的狗，因爲懶得取名字所以就直呼牠爲以奴的狗，雖然牠的名字是日文「狗」的發音，不過以奴倒是貨眞價實的英國鬥牛犬，在當時並不常見、而今也依舊少見的英國鬥牛犬，阿姨常說牠們就像是狗界的貓熊：同樣圓滾滾的外型，同樣很懶散的個性，並且，同樣的不多產，容易難產。從一出生就看習慣了以奴的長相，也因此害我往後看到別的狗時，都好驚訝爲什麼牠們都鼻子尖尖的而且爲什麼都那麼瘦？是不是都沒吃飽？

後來阿姨嫁到台北之後，雖然麻煩得要命，但仍舊費了一番力氣把以奴也帶過去一起生活。

以奴，對、對。

『說來最初還是託了以奴的福，姵姵才順便喜歡你的。』

呵。

照片再翻，正是姵姵和我還有以奴的照片。

嚴格說來是姵姵和我的合照，而一向狀況外的以奴在阿姨按下快門的那一刻、正慢條斯理的走進照片的左下角；就這麼，本來應該是姵姵和我的第一張合照，變成了我們和以奴的照片。

照片裡的我歪歪斜斜的站著，並且重心不穩的傾向姵姵的方向，而姵姵則光顧著擺姿勢搶鏡頭、完全沒有想要扶我一把的意思，照片裡的姵姵所擺出的俏皮姿勢可是完全不輸往後的那個舞台上的性感女神夏天呢。

這照片看來應該是爲了紀念我剛學會走路於是特地拍下的照片吧。我想。

然而這會兒阿姨沒有接話，她反而回憶起：

『這姵姵從小就有明星樣。』阿姨笑著說：『在你們小的時候，我們那條路上啊不管大人或小孩，成天喊的就是姵姵、姵姵，活潑又外向，好討人喜歡的小女孩啊。這是我對姵姵的第一個印象。』

「這張照片我看了好幾次就是看不懂，」指著照片裡的日式庭園建築，我開口問：「爲什麼背景不是在我們家或姵姵家，反而是特地跑到夏家去拍照呢？」

阿姨難爲情了起來，過了好半晌之後，她才終於說：

『其實我拍這張照片的主要目的是想要拍鬼。』

「啊？」

『不過當然現在我才知道，那一切只是白搭，因爲鬼是不會顯現在相片裡的。』鬼，或者說是靈魂，隨便。

『是你剛學著走路也開始開口說話的那一陣子。』阿姨回憶著說：『你成天就在我們家門前的那條大馬路興高采烈的從這頭走到那頭、來來回回走個不停，看起來好像是你眞的很高興發現自己有雙腿可以走路那樣，好可愛的畫面。小孩子和成年人的最大差別就是在這。』

那是一大清早的事，阿嬤在廚房忙碌著煮粥，而在家門前幫忙阿嬤看顧我的阿姨，則是目睹了這整個過程：原本歡呼著揮舞著雙手、搖搖晃晃練習著走的我，卻突然僵在夏家大院門口，仰著小臉，拍著胸口，告訴阿姨：怕怕。

『那一陣子夏家老奶奶剛辦完喪事不久，』阿姨說：『你阿嬤還因此帶著你到你姑婆家住了一陣子，就是爲了要讓你避開夏家的喪事呢。』

這畫面在接下來的兩三年間又發生過幾次，雖然次數不多，但阿姨卻印象深刻。

通常是清晨或黃昏，無論是在玩耍時又或者吃飯途中，我會突然定住視線指著前方，喃喃自語著什麼可能表達能力爲零的童言童語，阿姨每每想要努力聽懂、看清，不過總是徒勞無功。

『有一次是眞的嚇到我。』

阿姨說。

那是我上小一那年的事，冬天的黃昏，四點鐘左右，她記得很清楚。那時候我們在客廳裡玩球或其他什麼的小遊戲，阿姨問著我學校好不好玩、數學課是不是很討厭之類的閒聊時，她突然身體一僵——被一陣似曾感所僵住。她十分確定這對話是我們之間的第一次進行，可是她卻莫名的感覺到這對話早就已經發生過。

她整個人僵住，動彈不得。

『我那時候以爲我快死了，眞的以爲我是快死了。因爲明明是第一次但卻像早已經發生過的對話轉變成爲畫面快轉在我眼前，接著我感覺好像什麼切換到另一個空間似的，耳朵裡響起嗡嗡嗡的吵雜聲、不屬於我們這個空間的吵雜音頻。大概是十秒鐘左右的時間吧？一切突然的又恢復正常。』

只有跟你在一起的時候才會這樣。阿姨又說。

『不過當時我並沒有告訴你，因爲反正說了你也不懂吧。可是我也沒有告訴任何人，是因爲怕會嚇到他們，尤其是你阿嬤。』

我接著告訴阿姨我其實記得那天的事。

我不知道她身體的這個反應，我只記得她那時候看起來怪怪的，臉色突然變得很蒼白，而且額頭還冒出冷汗，而她的背則是下意識的弓了起來，就像是正準備著發動攻擊保護自己的貓那樣。

「如果不是以奴的話，我可能也不會記得這麼清楚吧。」我說。

在那個奇怪的片刻過去之後，外頭的野狗突然氣壞了似的、瘋狂叫囂了起來，連以奴也是。

「因爲以奴一向不太叫的，所以我才會特別留下記憶。」

當時阿姨摸著以奴的頭、試著安撫牠，可是結果卻沒有用，於是她只好打開大門讓以奴出去，而我們跟著也走了出去。

「然後我看到一個老人家的背影很快的繞出馬路轉角、消失不見，就是一個畫面的時間吧、我想。」

我看見在夕陽裡他的身影顯得很淡，而且，我看見他沒有下半身。

『可能是你阿公吧。』沉默了好久之後，阿姨才接著又說：『我想那是他回來看我們了。他很希望能夠看到你，可惜了爸爸沒能活到你出生的那一天。』

『知道嗎？每個人都是被期待著誕生於這個世界，所以，無論如何，我們都得記得要讓自己好好活著。』

最後，阿姨說。

不過隔年阿姨到台北念書之後，這事就再也沒有發生過了，無論是她，又或者我。沉默許久之後，我們的話題再度回到相簿。

『我實在不記得我有拍過這張照片。』順著我的視線望去，阿姨說：『按照時間推算回去的話，這時候我人應該已經在台北念書了啊，可是你阿嬤和媽媽又不可能動那台相機……』

那是我們三個人的第一張合照，姵姵和我，還有夏存德。時空背景是在阿存的畢業典禮上面，那是我們三個人唯一一張穿著同樣制服的照片，那年阿存小六，即將畢業，而姵姵小四，我小二。儘管是泛黃的黑白老照片，不過依舊可以清楚看出照片裡阿存的制服比我還新。這麼算來，他又是什麼時候轉學回來的呢？實在是想不起來了，好久以前的事情了。

只記得小時候的寒暑假是我們最最期待的時光，因爲阿存總是會在那時候回他奶奶家過年或過夏天；每當日子接近的時候，姵姵總是會拉著我站在馬路口伸長脖子等著夏家大轎車由遠而近的駛來，而重頭戲就是阿存跳下車的那一刻，不只是姵姵和我，還有我們那條路上的所有小孩子全會因此蜂擁而上圍住車子，搶著分食阿存從台北帶回來的進口糖果，還有，求他帶我們去玩。

阿存是我們那群小鬼頭裡年紀最大的小孩，也唯有阿存在的時候，大人們才會允許我們去到馬路之外的公園遊玩。

『讓阿存帶著就可以放心了。』

大人們總是如此說道，並且還樂得輕鬆。

後來聽到大人們說阿存要從台北轉學回來的消息時，我們這群小孩子簡直就要樂壞了，然而相較於我們，阿存本人倒是很落落寡歡、甚至可以說是傷心：因爲這代表他媽媽不要他和他爸爸了。

『夏家少奶奶跑了，和外頭的男人跑了。』

那時候我們常會聽到大人這般的耳語，雖然那時候還是小孩子的我們都不懂這句話什麼意思，或許阿存例外吧、我想。

想來阿存從小就是領導型的人物了吧？小時候他帶著我們到處玩耍，長大之後他帶領公司員工打下江山，重新把早已衰敗的夏家產業成功轉型，轉虧爲盈。

然而，看著照片裡的阿存，實在難以想像成年之後的他會變成一個沉默的人。

而阿存又是從什麼時候開始發現自己愛上姵姵的呢？

『所以呢，』回過神來，阿姨正在問我，『你和姵姵怎麼了？他們怎麼了？』

我沒有回答，並不是這個問題令我難以回答，而是此刻的我突然發現自己失去了聲音。

第二章

而，妳沒有說再見。

◆之一 夏雨謙

都是同一年發生的事情：見月子姨婆，媽媽復出，還有，和威廷分手。

第一次見月子姨婆是十七歲那年我從英國回台灣過暑假的那個夏天，然而在此之前，我其實早已經從媽媽口中聽說過月子姨婆無數次了。

連父親也是。

幾乎都是他們難得沒有吵架、而又更難得愉快交談的晚餐時光，幾乎都遠得像是上輩子的事情了；那時候他們還是快樂的。

可能他們眞的相愛過吧？

『月子阿姨說我們應該再生一個小孩的。』

『你少拿月子阿姨威脅我。』

『眞的，不信妳可以問她。』

『眞的，一個就夠了。那是因爲你是獨生子，相信我，我姐姐恨死我了，不然怎麼會在媽媽也過世之後就很乾脆的不再和我們聯絡，這樣說雖然有欠厚道，不過我眞的覺得她當時一定也鬆了一口氣。』

接著媽媽說起她小的時候是如何的任性胡鬧，卻又被如何的百般包容。

『那一次我姐姐發燒要去看醫生，而我聽了就也吵著要跟，可是偏不巧我們家的汽車壞掉了，而我又打死不肯坐機車，因爲好冷嘛，是冬天的晚上我記得。』

『結果雅筑就頂著高燒陪妳坐在無法發動的汽車裡？』

『哈～原來我姐告訴過你了喔。』

『不，是月子阿姨說的。她聽到妳誇張的哭聲跑出去看，還在你們家門口笑了好久。』

『少來，我明明記得是她聽了之後就立刻開車載我們去的。月子阿姨最疼我了。』

『妳記錯了，那天是我爸請師傅立刻來替你們修車的，月子阿姨不會開車、妳忘了？』

『但我怎麼記得以奴也在車上？就在後座和我一起，臉還好舒服的趴在我腿上。』

『妳記錯了。』父親堅定的說，『妳總是記錯了。』

又或者是他們一同哄我入睡的夜晚。

『那一年我眞的覺得我的人生完蛋了。』

『你媽媽離家出走的那年？』

『嗯，我恨死了，無論是被媽媽拋棄，又或者是得轉學回來。』

『如果不是這樣的話，或許我們的命運就會完全不一樣了吧？』

父親不想繼續這個話題，父親自顧著又說：

『我們的街右轉出去第二戶的那個捲髮老妖婆妳記得嗎？』

『聲音粗粗扁扁、講話活像鴨子鬼叫的那個？』

『對，尤其她走路還外八、更像。她長相醜得好可怕，這話雖然惡毒，但是眞的很難相信當初怎麼有人會娶她。每次回奶奶家我就怕遇到她，晚上都會嚇得作惡夢。她長得眞的很像從日本鬼故事裡走出來的老妖婆。』

『同感。而且她恨死以奴了。』

『呵。那時候她很喜歡故意逮住我問：你媽媽去哪裡了？我聽得氣死了也恨死了，可是卻又不知道該怎麼反擊。還好是月子阿姨幫我解圍反問她：那妳老公是被妳的臭嘴巴氣死的、還是被妳的醜臉嚇死的？這下子就換成她氣到恨到沒辦法反擊。』

『哈～～果眞是月子阿姨的一派作風。』

『所以，』

『嗯？』

『不要離開我，不要像我媽那樣，好不好？』

『那你要繼續愛我啊。』

最後的這段對話，我已經分不清楚是他們眞實說過、又或者是我自己的記憶補白，已經是那麼久的夜晚了、畢竟。

遠得像是上輩子的事情了，遠得像是想像的產物。

月子阿姨，月子阿姨，月子阿姨。

總是存在於他們話題裡的月子阿姨，似乎是象徵他們共同愉快回憶的月子阿姨，或許還是唯一見證過他們相愛、也明白他們當初爲何會相愛的人也不一定吧？我想。

『抱歉哪，才剛從英國回來就拉著妳陪我去見月子姨婆。』

從機場回台北的車上，媽媽語帶歉意的說。

「不會，我一直就想和月子姨婆見面。」

我說。雖然我眞正想說的是：本來我們今天是計劃要和威廷吃飯的，這應該是你們第一次見面的。

『妳們見過面的，只是那時候妳還太小可能還沒有記憶吧。』媽媽說，媽媽遺憾的說；『一直就約了要見面，結果卻一直沒能見著面，沒辦法，雙方都太忙了，所謂的長大大概就是這麼一回事吧。』

接著我知道，早些年是媽媽的演藝事業忙，而等到媽媽結婚退隱之後，則換成是月子姨婆忙，忙著旅居各國、看見世界，自從月子姨婆的丈夫過世之後。

『他們感情很好，如果不是親眼目睹，我眞會以爲白頭偕老只是個形容詞而已。』媽媽又說。

當月子姨婆的丈夫過世之後，一開始她只是爲了避免讓自己觸景傷情而決定出國散心，而後來則就這麼旅居成了習慣。

『多看看這世界是好事，活著總是好事。』

媽媽轉述月子姨婆的話。

『到底也是個淡化悲傷的方法。』媽媽接著又說：『讓自己忙著走著看著，看得越多、越能眞正明白自身的渺小，而悲傷也是，離得越遠，會變少的。直到走不動了爲止。或許我也會這麼做吧。不然該拿這悲傷怎麼辦呢？』

「媽媽怎麼了嗎？」

我擔心的問，在那一瞬間，我甚至多心的誤以爲媽媽話語裡的悲傷指的是和父親離婚的這件事情，結果不是，當然不是。

『月子姨婆病了，可能時間也、不多了吧。』

「……」

『怎麼辦呢？對我而言是這麼重要的人……』媽媽紅了眼眶，『妳月子姨婆，是我最重要的人，如果我的人生沒有她的話、該怎麼辦才好呢？』

月子姨婆。

本來我以爲我們去的會是醫院，而我們即將見到的月子姨婆會是一位身上插滿插管的垂死老人，就像小時候去給外婆探病時那樣；但結果並不是，結果我們去到的是一棟日式平房，而月子姨婆雖然坐臥床上、無法行動，但身上並沒有垂死的氣味，而房間裡也聞不出任何的藥水味，只除了月子姨婆臉上的蒼白和語氣的虛弱暗示著媽媽方才車上的憂慮。

『生命對我很好，除了不能走路和紙尿褲之外，其他的尊嚴都還是有的。』月子姨婆虛弱卻開朗的說：『但是那又怎樣呢？反正衣服穿著別人也看不到，再說這反倒有種再當一次小寶寶的錯覺呢。』

『再當一次小寶寶。』媽媽同意的笑著說：『皺紋很多的小寶寶。』

『妳這壞丫頭。』

她們同時笑了起來。

月子姨婆接著告訴我們維維剛走，我們正好錯身而過。

『你們簡直就像是約好了錯過似的。』

月子姨婆若有所指的說，而媽媽並沒有答腔，她略過這個話題直接介紹起我。

『長得很像，很像媽媽。』

月子姨婆仔細端詳著我，然後如此說是；接著她繼續方才的話題，越過媽媽、告訴我小時候媽媽和方才與我們錯身而過的維維是穿同一條褲子長大的童年玩伴。

『他們出生就認識了。』

『正確說來是我看著維維出生的，我多認識了他兩年。』

我不知道維維是誰，而媽媽也沒有想要告訴我的意思，媽媽自顧著和月子姨婆話當年：

『還有正確說來，那是我的褲子給維維穿，藍色喇叭褲，我記得很清楚。』

『妳當然記得很清楚，那是因爲我拍了照片給你們。』

再一次的笑，以及再一次的鬥嘴：

『小時候哪，妳媽媽很怕月亮，眞搞不懂爲什麼，有天突然的就說月亮會掉下來砸死她，所以到了晚上說什麼都不肯出門，小白痴哪！我們在外頭玩得好高興，她自己一個躲在窗子後面乾瞪眼，還一直以奴以奴的喊啊喊，以爲以奴會跑進去陪她玩。』

『在我女兒面前別講這些啦，好難爲情。』

媽媽笑著阻止月子姨婆說往事，但自己卻接著往下說起兒時的回憶。

感覺得出來雖然月子姨婆試著想讓我也融入她們的話題裡面，但卻怎麼的就是無法成功；不只是因爲回憶不屬於我、而是她們共有的，更是因爲她們在一起的時候，有種旁人難以介入的融合感。我第一次看見這樣的媽媽，第一次見到和媽媽待在同一個畫面時、視線焦點能夠不完全被媽媽獨佔的人；任何人在媽媽身邊、對面的時候，看來都像是配角、觀眾，或影子。

而我也是。

當她們聊得忘我時，我安靜地走出房間，問了那位不知是看護還管家的阿姨借電話打給威廷。

『和男朋友講電話？』

不確定是過了多久時間，媽媽的聲音從我身後傳來，轉頭一看，媽媽的臉上是等待許久的表情；我於是很快地和電話那頭的威廷道了再見，掛上電話之後，我問：

「我講很久了嗎？」

『一會兒而已。我們沒聊多久、月子姨婆就累得睡了。本來見客就已經夠勉強了、月子姨婆的身體狀況，更何況還是聊往事。男朋友？』

「嗯？」

『剛才是和男朋友講電話？』

「欸。」我說：「本來今天約了要帶給媽媽看的威廷，這他名字、威廷。」

威廷，我們總愛拿彼此的名字開玩笑：威廷、waiting；夏雨謙，下雨天，我們的名字加起來就是等待下雨天——

本來想要告訴媽媽的這些話、結果一個字也沒有說出口，因爲媽媽點點頭之後就自顧著說：

『談戀愛很好，談戀愛是好事，動了感情是很美的一件事。我在妳這年紀——』

我在妳這年紀的時候就已經談過好深刻的戀愛，我在妳這年紀的時候就已經是個大明星，全台灣都爲我瘋狂，而海外華僑也是，每天都有人扛著大把現金來拜託我作秀，而黑道拿著槍和現金的威脅利誘也是有過；接著在懷了妳的那一年，在每個人驚訝、疑問、不捨的聲浪中，我毅然決然退出演藝圈嫁給妳父親，隔年妳出生，雖然洗盡鉛華，但我依舊是每個人心中的大明星夏天。

本來我以爲媽媽會接著這麼說，再一次的告訴我關於她的故事、她的人生，厲害得不得了的人生，每個人都好羨慕的人生；我在心底決定如果媽媽再一次這麼說的話、我一定要打斷她：可不可以有一次妳也聽聽我的生活，妳也關心我的感受，而不要只把我當成個影子、觀眾或配角。

我覺得好生氣，第一次，我想要對媽媽發脾氣。

可是媽媽沒有這麼說，媽媽只是突然地打住話題、這樣而已。是因爲察覺我臉上表情的轉變嗎？我不確定。

『下雨了，』指著窗外，媽媽說：『我請司機等一下再來接我們。是太陽雨，很快就停的。』

『這是最棒的天氣。』

回過神來，媽媽還在繼續說著。

『雖然下著雨，但抬起頭來依舊能夠看見太陽，而且很快就會雨停。多棒的天氣。我們結婚的那天，下午也下了場太陽雨，那時候我還好擔心雨會一直下，下不停，心情簡直因此而變差了、好沮喪。那時候是妳月子姨婆告訴我、太陽雨很快就會停的，而且有雨有太陽，這是上帝的祝福，我永遠記得月子阿姨對我說這句話的眼神，我永遠記得當時我眞的就因此而安了心。』

「媽——」

『我知道，我沒忘記。』凝視著窗外的雨，媽媽呢喃似的說：『我沒有忘記今天妳說要帶威廷和我見面，我也很期待能夠見到謙謙的威廷、眞的很期待。可是我好緊張，下個月就是夏天的復出演唱會了，日子一天一天的接近，我的壓力也一點一滴的增加，我好害怕會失敗，我好害怕他們會失望，怕他們說夏天老了、醜了、胖了、舞跳不動了、歌唱難聽了——』

「媽……」

『報紙上寫了好多難聽的話，什麼是妳爸爸不要我了，我是因爲被離婚了沒錢了走投無路了所以才只好不得不復出的，呸！失婚婦女，妳相信他們居然用這種字眼寫我嗎？』

媽媽想要堅強的反駁，結果卻是懦弱的哭泣：

『我每天都要吃好多安眠藥才能睡，可是睡了卻又一直作惡夢，一個又一個好可怕的惡夢，我壓力好大，我知道我再不見月子阿姨一面我就要崩潰，只要再看一次那個眼神就好，只要月子阿姨那個眼神告訴我一切都會沒問題都會成功的、我就會相信，眞的就會沒事。』

打斷媽媽，握著媽媽的手，我說：

「不會的，因爲媽媽是永遠的巨星哪，一定會成功的，而且會再一次大轟動的。」

『呵。』揉了揉我的頭髮，媽媽吸了吸鼻子，她又哭又笑說：『可能我不是很及格的媽媽，可是我眞的好高興有妳這個最棒的女兒，我好高興妳是我女兒。』

「妳是最棒的媽媽。」我眞心的告訴媽媽：「而且媽媽的復出演唱會會大成功！」

『呵，謝啦。』

恢復了心情之後的媽媽開始說起我告訴過她的威廷：

『他大妳兩歲，今年就要念大學了，而妳有點擔心自己考不上他的大學。你們是那群留學生裡唯二低調的人，不，與其說是低調，倒不如說是刻意忽略著原本的身分在異鄉過生活。

『就算是對於彼此、你們也不愛提及自己的身分背景。妳只知道他是大企業家第三代的大公子、繼承人，可是哪一個企業？不知道，而他只知道妳的媽媽是大明星，可是是哪位大明星？不曉得。

『你們都承受太多這身分所帶來的壓力和麻煩，身不由己也無從選擇。這就是爲什麼你們都被送離台灣念書的初衷。

『你們都有默契想等到彼此認眞起來之後再深入彼此的家庭，而現在、是的，你們確定彼此是認眞的，千眞萬確的認眞了。所以妳今天約了他見我，而下星期他約了妳見他爸媽。以上。這樣及格嗎？我得到幾分？』

媽媽露出俏皮的笑臉。

「別再糗我了啦。」

媽媽依舊糗著我：

『那時候在電話裡我就聽出來了、這愛情的味道。雖然從頭到尾一個字也沒提，可是隔著一面海的媽媽我還是聽出來了，我的女兒長大了、戀愛了。』

妳長大了。

媽媽又重複了一次。

『變成是我站在妳身後看著、等著妳講電話了。』媽媽眼神低低的說：『我的謙謙會不會很快就變成別人的謙謙呢？』

「媽媽——」

『看，雨停了，』打斷我，媽媽抬頭仰望著天空，祈求似的呢喃：『不知道復出演唱會那天，能不能也下場我的幸運太陽雨呢？』

那天沒有下雨，雨下在我和威廷他母親見面的那天。

無形的雨，身不由己。

『妳長得很像夏天，妳的明星媽媽不會剛好就是夏天吧？』這是他母親看見我時開口的第一句話，以及最後一句：『妳可能不是很了解妳媽媽是怎麼樣的人吧？』

這是生平第一次，我居然想要否認這件事，因爲我眼睜睜看著這張教養良好的臉，表情是如何從親切轉變成爲嫌惡。

是的，嫌惡。

她嫌惡的告訴威廷：

『你爸爸曾經爲了那女人打算離開我，我們，當時還在我肚子裡的你。她的感情生活眞是精采，不管是結婚之前，又或者結婚之後，都精采。』

怔住，我們都怔住。

『所以呢？她也想要嫁進我們家嗎？這點可眞是跟她母親當年沒兩樣。』

『媽……』

『你父親大概會很後悔今天有事不能來，他當年可眞的是被那女人迷得夠瘋的。』起身，她不客氣的說：『我們送客吧，我突然不舒服了起來，我相信這應該不用解釋爲什麼吧。』

最後，她說：

『人是會有報應的。』

她沒有明確的向誰說，我相信這應該不用解釋是向誰說。

等了好幾天之後，威廷才終於打來電話，威廷在電話那頭溫柔且低聲的道歉，可是他道歉的不是那天他母親對於我以及媽媽的羞辱，卻是他不能夠按照原定計畫和我一起回英國。

『……我想多留一陣子和母親溝通——嘿！妳在聽嗎？』

我在聽，沉默著聽。

『嘿，聽著，我知道妳氣我直到今天才打給妳，可是我這幾天也很不好過，我也沒想到會變成這樣，我……我不知道該怎麼說。可是我眞的不想要失去妳，我——』

「你已經失去我了。」

我說，然後掛了電話。

我們已經失去了。

而媽媽也是。

媽媽一直沒有接我的電話，沒接也沒回。我聽著她的經紀人在電話的那頭好抱歉卻同時好快樂的告訴我、媽媽是眞的好忙好忙，復出演唱會就要倒數，太多太多的訪問和彩排，太少太少的時間和練習，媽媽一直好累好累，她的壓力好大好大，她——

「我就那麼不重要嗎？」

『妳很重要，對夏天而言，妳當然是全世界最重要的人。』他在電話那頭保證，『可是小謙我告訴妳，如果妳只是想要拿這件陳年往事煩妳媽媽，那我大可以代替她回答妳這個問題：那位先生只是當年夏天的眾多追求者之一，他愛夏天愛到想要拋妻棄子離家出走，那是他的問題、不是夏天的。』

「我要跟我媽媽說話，我要親口聽她說。」

『愛情在結束之後都只變成是種說法，尤其是那些得不到的愛情。』

像是在唸著新聞稿、也像是在試著向無理取鬧的小孩說道理那般，他告訴我：『妳得學著不能把每個人的話都當眞。』

『聽好了、小謙，我認識夏天比妳認識妳媽媽還久，如果她有什麼事情是我不清楚的話，那就是她當年爲什麼要爲了妳急流勇退、而現在卻還得被妳反過來質疑她是不是個狐狸精破壞別人的幸福也包括妳。

『如果妳了解妳媽媽爲妳做了多大的犧牲，那麼妳是不是可以行行好起碼等演唱會結束之後再煩她？這次的復出演唱會對夏天有多重要妳到底知不知道？』

「我不知道，不想知道。」

再也不想知道了。

如果可以選擇的話，我眞的不想要知道爲什麼我居然賭氣沒有參加媽媽的復出演唱會；也不想要知道媽媽的復出演唱會結果不如預期，票房、評語都遠不如預期；更不想知道當媽媽讀著報章雜誌上那些斗大的標題以及尖酸的字眼時，當下是作何感受。

我眞的希望當時我沒有賭氣不接媽媽的電話，我眞的眞的希望當媽媽突然跑來英國找我時、我能夠收回那些責備冷漠、以及、是的，不諒解；每當我一想到那些如刀一般的責備、冷漠和不諒解居然會是我們最後的對話時，我總、我——

我該如何能原諒自己？我有什麼資格原諒自己？

媽媽在隔年死於車禍。

而同一年，父親再婚。

◆之二
杜宇維

多年之後——我指的是這個畫面的多年之後——我因爲那部如詩一般的《烈愛風雲》裡頭的那一幕畫面而在黑暗的電影院裡潸然淚下。

那是一九九八年上映的電影，改編自狄更斯的經典小說《孤星血淚》（Great Expectations），主角是葛妮絲派特羅（Gwyneth Paltrow）和伊森霍克（Ethan Hawke），儘管我當初是爲了勞勃狄尼洛（Robert De Niro）走進電影院的。

電影裡最經典的一幕是男女主角在紐約中央公園的水池邊親吻的畫面，然而觸發我淚腺的卻是兒時的他們親吻的那一幕。

我們也曾有過那樣的畫面，無論是兒時，又或者成年之後，親吻的畫面，無數次的畫面，我和姵姵，我和夏天。

無數次。

那年我小六，而姵姵是國二，時間是年節假期，地點是在姵姵的房間裡頭。

那是身爲小孩的我們最期待的假期，桌上堆滿糖果，冰箱擺滿汽水，以及大人發的紅包，還有因爲要守歲還可以不用早早就被趕上床睡；不過最棒的還是每當過年的時候，阿姨和姨丈總會帶著以奴回家長住好幾天。喔，還有當時在台北念高中的阿存也是，他會回來過寒假、儘管他本人是多麼的不願意。

年夜飯當然是過年的重點，不過說穿了、年夜飯之後的賭局才是每個人最期待的重頭戲。大人們會在客廳裡擺桌打麻將，而小孩們則在餐桌或房間裡頭玩牌或玩棋。

而那一年我們在姵姵的房間裡玩牌。正確說來是：本來要玩牌，結果卻沒玩成。

『這次要賭錢喔？』

『我才不要跟妳賭錢咧。』雅筑一聽就立刻反對：『每次賭輸就賴皮，賴皮不成就翻臉。』

『誰叫妳都很小氣。』

『我要跟媽媽說妳罵我，媽媽說過年不能罵人。』

『說妳小氣又不是罵人，妳就是因爲這麼愛告狀所以他們才比較疼我。』

我趕緊打斷她們的口角。

「阿存爲什麼不過來？」

『阿存說他是大人了，不要跟我們小孩子國的玩在一起了。』

「阿存跟他們在打麻將喔？」

『你不要聽姵姵亂講，阿存才不會這樣。』

雖然房間裡只有我們三個人，不過雅筑還是煞有其事、用一種——這是祕密喔、不可以被別人聽到——的悄悄話表情告訴我們：

『阿存他交女朋友了，是月子阿姨告訴我的。』

『妳騙人。』

『我才不像妳是個說謊精。』

雅筑說，接著她又把國小時姵姵騙班上同學說她是個公主就住在城堡裡，還有她很會彈鋼琴的陳年往事又翻出來糗她。

『所以她被全班討厭。』

『才怪，我只被全班女生討厭，而且那是因為班上太多男生喜歡我。』

『他們會喜歡妳是因為妳誤導他們以為妳眞的是公主。』

接著，果不其然，她們姐妹倆又吵了起來。

結果我們牌沒打成，因為姵姵眼見吵不過雅筑，所以就翻臉的威脅她要把雅筑和壞班男生下課後在走廊上傳紙條的事情告訴爸爸。就這樣，雅筑被氣跑了。

『以前他偷親過我。』

在只剩下我們兩個人的房間裡，姵姵突然的說。

『國小的時候，我們全部人都在，夏天的午後，我記得。好像玩大風吹還捉迷藏還老鷹捉小雞什麼的我有點忘記了。不過我記得那時候阿存他媽媽還沒有跑掉，而且那天太陽好大好熱喔，然後突然的阿存就跑過來親了我臉頰一下，我還聞到他身上流了好多汗、汗好臭的味道。』

「我姨姨也常常叫我親她的臉頰。」

『那又不一樣。』姵姵悶悶的說：『我本來還以為阿存喜歡我。不知道他有沒有親過那個女生。』

「他女朋友？」

『嗯。』

「妳明天可以問他啊。」

『不行啦，我姐姐剛剛叫我們不能講、你忘記囉？而且我們明天要回外婆家。』

「對喔。」

『維維你眞好，就住在外婆家，我好討厭回我外婆家，每次上廁所都還要走到後院好恐怖喔。』

「爲什麼？」

『因爲廁所在後院啊，而且後院還養雞耶，不過我阿公倒是很疼我，我阿公人很好。』

「我沒看過我阿公。」

『我好像看過，但是不太記得你阿公長什麼樣子了，不過我記得他人很好，總是笑咪咪的好慈祥。』

「喔。」

沉默了一會兒之後，姵姵把話題又帶回阿存：

『而且我才不想跟阿存講話，他念高中之後變得好陰沉喔。』

「陰沉是什麼意思？」

『你問月子阿姨好了，我不會解釋。』

「好吧。」

『我前幾天在學校被潑水，』姵姵突然的又說，『好過分，掃除時間我在拔雜草，然後她們故意從二樓往下潑了我一身水，還好雅筑不知道，不然她一定會跟我媽媽講，然後我媽媽就會很傷心，還有我爸爸也是。』

「她們為什麼要這樣？」

『她們大概是很討厭我吧，每次經過我身邊的時候都會鬼叫鬼叫的，說我裙子穿很短、愛勾引男生，說我是騷貨。』

「什麼是騷貨？」

姵姵沒有回答我什麼是騷貨，也沒有叫我去問阿姨，她反而是問我：

『問你喔，你會不會也討厭我？』

「不會啊，妳很漂亮，我阿姨說姵姵長大之後不當明星很可惜，她還說要問姨丈有沒有認識星探。什麼是星探？」

『月子阿姨眞的這麼說？』

『眞的啊，我媽媽也這樣跟我阿嬷說，說妳很有明星的氣質。什麼是星探？』

姵姵還是沒有想要告訴我星探是什麼意思，她自顧著愉快的笑了起來，她愉快的站起身來、轉了個圈。姵姵一掃方才的陰霾，她滿意的說：

『那就眞的是她們嫉妒我，呵。』

「誰是她們？」

『學校裡的那些臭女生。』姵姵堅定的說：『我以後一定要叫那些臭三八都反過來崇拜我！』

我提醒她：「媽媽說過年不可以講髒話。」

同樣的話、雅筑說來是會讓姵姵惱怒，但我說來卻讓姵姵抱著肚子笑了起來。

『這不是髒話是實話，哈～～』

等到終於笑夠之後，她眼底漾著亮光，她突然的提議：

『維維，你借我練習好不好？』

「練習什麼？」

『接吻啊。我每次看到電影裡的人接吻，都好想知道那是什麼感覺喔。』

「可是這樣會不會生小孩？」

『不會啦、笨蛋！』

然後姵姵就傾身親了我的嘴巴。

我記得她嘴巴裡有草莓糖果的味道，我記得往後每當看到電影裡接吻的畫面時，我總會下意識的想起姵姵和那時她嘴裡的草莓糖果味。

我還記得在這個畫面之後，姵姵好慎重的告訴我：

『這是我們的祕密，不可以告訴別人喔。』

我沒有告訴任何人，因爲姵姵說這是我們之間的祕密，也沒有想過這個吻代表著什麼意義？又或者什麼意義也沒代表——對於當時的我們而言。

姵姵那方面是怎麼想的、我無從得知，不過我自己是在那個吻的下一秒就立刻忘記了這件事情和這個畫面，因爲下一秒鐘我們覺得有夠無聊、還不如回我家去找以奴玩。

當我再次想起這個畫面，是我國二那年。

國二那年我終於也告別男童而發育成爲男孩，和姵姵她們的相處雖然沒有因此改變、或者產生彆扭，不過總也都清楚明白的意識到男女有別的這件事情、而不再獨處於房間裡頭。不變的是過年時候我們依舊會聚在一起打牌玩大老二或者撿紅點（三個人就玩大老二，四個人就玩撿紅點）；改變的是我們每一次都會賭錢（不然打牌有什麼意思。雅筑如此說是），而地點則通常是在我家餐桌（這樣以奴就可以窩在我腳邊帶給我好運。姵姵很堅持這點），還有，阿存彷彿走過青春期的尷尬和彆扭而重新加入我們的世界。

在餐桌上，姵姵當年瞎掰自己是住在城堡裡的公主這件事情，又被雅筑重提，或許是已經長大了的關係，也可能是因爲這次阿存在場，總之這次姵姵沒有惱羞成怒、回嘴反擊，她反而能夠開朗的自娛娛人：

『對啊，而且你們知道嗎？班上有好多人還眞的相信耶，我可能太有說服力了吧。』

『自戀。』

『受不了妳。』

『反正啊，我以後會眞的住在城堡裡，』姵姵許願般的說：『我相信我以後會眞的住在城堡裡，過著公主般的生活，而且那些臭三八不但會很崇拜我而且還會非常羨慕我。』

『就憑妳那個成天一起混舞廳的阿飛男友？醒醒吧、姵姵，妳不用養他就要偷笑了。』

『奇怪吶，我就不能自己賺大錢嗎？』

『我請問妳，不去考高中也不去找工作，妳是要怎麼賺大錢？成天就只會作白日夢。』

『我就是討厭學校不行嗎？』

『那妳可以去找工作啊！』

『我年紀太小沒有人要用啊！』

眼見她們又要吵起來，正當我準備開口的時候，阿存反而先說了：

『台灣沒有城堡，歐洲才有。』

阿存成功的轉移了她們的注意力。

『你有去過歐洲嗎？』

『小時候。』

『那你們小時候台北的家也像城堡一樣漂亮嗎？』

直到阿存一語不發沉了臉，姵姵才曉得自己問錯問題；阿存他們家破產了，這和當年他媽媽跑掉一樣、是他的禁忌，除非是故意想要惹他生氣、否則沒有人會當著阿存的面提起。

而他們兩個人最大的不同是：姵姵雖然愛生氣，但她的脾氣來得快去得也快，而阿存則完全相反。

我趕緊說：

「我阿姨找我去台北住到開學，你們要不要也一起去？」

『要！』

姵姵搶先回答，而臉上的表情是鬆了一口氣。

那是我們四個人最後一次坐在餐桌邊守歲，因爲在那幾天之後我們上台北找阿姨玩時，姵姵走在路上被星探發掘，同年夏天，姵姵以夏天這藝名出道。

夏天一炮而紅，驚豔演藝圈，還有全台灣。

對此，我們一點也不感覺到意外。

隔年的守歲餐桌，只剩下我和雅筑兩個人，姵姵人在台北趕錄第二張唱片，而至於阿存……我們都不曉得阿存爲什麼這一次沒有回老家過年，他好像也沒有告訴阿姨。

『你不會是暗戀姵姵吧？』

看著我拿尺和小刀把影劇版上姵姵的新聞方方正正的一一割下，然後再工整的貼進剪貼簿然後寫下日期記錄時，雅筑笑著驚呼。

「我本來就有剪報的習慣。」

可能是被阿姨影響的吧？小時候我很喜歡看著阿姨把報紙割成塊塊，然後再寫上日期、貼進剪報簿妥善收藏，久而久之我跟著也就養成這習慣；我們都喜歡享受共讀一份報紙、再各自剪下報導的時光，只不過阿姨收藏的是好笑或者奇怪的新聞軼事，而我則偏好副刊的文章。

「所以現在就順便也看影劇版把姵姵的新聞剪貼起來。」而且這樣我就可以多擁有一本剪貼簿了。「不過、也對，我是眞的很喜歡姵姵沒錯。聽阿姨說我好像被阿嬤抱在懷裡的時候就很喜歡姵姵了，不過我自己倒是沒有記憶就是。」

『那你記得小時候我餵過你吃飯嗎？那時候你好像差不多開始會走路了，應該有記憶了吧？』

我笑著搖頭，而雅筑則是回憶了起來：

『月子阿姨還說我好乖、以後一定會是個好媽媽，所以我很喜歡餵你吃飯，因爲每次餵完你之後、月子阿姨都會拿巧克力給我吃。』

「說穿了妳是爲了巧克力才餵我吃飯的吧？」

雅筑開開心心的笑了起來。

她們姐妹倆雖然從外表到個性都是兩極化的不同，但唯獨笑的方式是一樣的：她們都是以一種用盡全身力氣的方式笑，很有感染力的笑，我很喜歡看她們笑的樣子。

『是想要被阿存看到啦、其實。』

「妳喜歡阿存喔？」

『嗯啊。我那時候覺得阿存好像王子喔，你曉得當初是他爸爸出錢找我爸爸開工廠當老闆的嗎？』

「好像有聽我阿嬤說過。」

『嗯。從小爸爸就告訴我們，日子可以過得舒服都是因爲夏爸爸當初幫他的關係；可能這件事多少也有影響吧，我從小就覺得阿存好像王子。不過當然我指的是以前的阿存。』

爸媽離婚前的阿存，家裡破產前的阿存，雅筑沒有露骨的指出，我突然分心的想像，如果換成是姵姵的話，一定就大剌剌的說出來了吧？

『是國小還是幼稚園呢？我也有點忘了。』雅筑還在繼續說著：『我那時候還突發奇想，如果我和阿存結婚，然後你和姵姵結婚，這樣我們就可以一直住在這裡了，這樣不是很好嗎？』

「這個嘛……」

『結果月子阿姨聽了之後就笑說：愛情是不能分配的。我那時候還不懂這句話什麼意思。』

「那現在懂了嗎？」

『多少是懂了。』

「呵。」

指著其中一張寫著姵姵緋聞的剪報，雅筑又說：

『我本來以爲他們兩個人會交往的。』

「姵姵和阿存？」

『嗯。他們之間是有點什麼、我覺得。去年的這時候你記得嗎？姵姵問錯話、惹得阿存一臉不高興的那時候。』

我點頭。

『那時候我有點懷疑姵姵暗戀阿存，我第一次看到姵姵臉上出現害怕的表情，還是該說在意呢？』雅筑歪著險、認眞的思考著，『反正就是那方面的意思。』

「反正就是那方面的意思。」

我附和她。

『你曉得我們家小公主一向是天不怕地不怕、也從來不在乎別人什麼感受、怎麼想的，所以我才會覺得阿存對她而言是有點不一樣。』

「這麼說來，如果姵姵和阿存一對的話，那我們兩個人不就要交往了？」

『愛情是不能分配的、小朋友。』雅筑俏皮的學著阿姨說話：『再說、我很願意餵你吃飯、但我沒辦法等你長大，因爲我男朋友已經向我求婚了，哈～～』雅筑捂著臉，笑開了的說：『喔、天哪！眞沒想到這件事情結果我反而是第一個告訴你的！我本來還以爲我會先告訴我媽媽的耶。』

「恭喜啊。」我拿她方才的話回送她：「雅筑以後一定會是個好媽媽的。」

『還有好太太。』她提醒我。

「還有好太太。」

雅筑正式成爲梁太太是在我高二那年的暑假，婚禮是什麼原因拖那麼久我並不清楚，因爲在那晚之後的兩年裡，我全心衝刺高中聯考以及學會彈吉他；無論如何雅筑的婚禮在我們社區依舊成爲熱門話題，是因爲他們家決定這第一次的嫁女兒要辦得風光而且派頭，更是因爲雅筑的婚禮、姵姵有可能會來。

那年的姵姵已經出過N張唱片、演過N部電影、還舉辦過N次演唱會——不只是在台灣，還包括海外。夏天早已經是家喻戶曉的大明星，而且聲勢依舊持續飆高，她太忙太紅而且太搶手也離我們太遙遠，早就在婚禮籌備之初、我們就已經把「雖然是姐姐的婚禮，但姵姵應該抽不出時間回來」的這個心理準備視爲理所當然。

然而姵姵卻還是出席了。

『她就是不放過可以搶我鋒頭的機會。』

雅筑雖然嘴上是這麼說著，但誰都看得出來，她其實很高興姵姵給足了她這個面子。

『維維？』

在迎娶儀式過後、所有人移駕到宴客餐廳時，被每位賓客團團圍住拍照簽名的姵姵居然主動走向我。

『你真的是維維？我剛剛還問媽媽、那個高高瘦瘦的小帥哥該不會就是維維吧？』

「嗨，好久不見。」

『是啊，而且、天哪！你變好多喔，我真的都認不出你了。』姵姵邊說邊拍著我的臉頰：『上回看到你的時候還是個臉膨膨的好好捏的小男生耶！現在變成大男孩囉。現在還叫你維維可以嗎？會不會很奇怪？』

「不會啊。姵姵倒是沒什麼變，我指的是個性，外表的話是越來越漂亮了。」

『維維嘴巴總是這麼甜，你到底是吃哪一牌子的糖啊？哈～』

姵姵笑了起來，依舊是我記憶中笑的方式。

「阿存好像沒有來？」

『他託月子阿姨帶紅包過來而已，他很忙，忙著做生意賺錢，進出口什麼的，他說要把小時候的家買回來。』

「你們常見面嗎？」

『第一年去台北的時候見過幾次面，和月子阿姨我們三個人。』

「喔。」

『對了，你知道洗手間在哪裡嗎？』

我指著她身後的方向。

『太好了，你帶我去吧。』

姵姵嘴上是這麼說著，但卻是拉著我往門口的方向走。

『我再待裡頭雅筑可能會殺了我吧？都沒有人注意新娘子了。』

「不會啦，她很高興妳能來，只是不好意思說而已吧。」

『希望是這樣囉。這裡。』我們走到餐廳後方的小巷子裡，姵姵撩起裙子就這麼坐了下來，然後，幾乎是同時，她從包包裡拿出香菸，迫不及待似的點火，抽。

『一開始是爲了減肥，聽說抽菸能夠變瘦，』我沒有問，姵姵就自顧著解釋了起來：『後來則是發現這玩意很能夠提神。如果你要問的話。』

「喔。」

『反正我經紀人也說不要被拍到就好。所以我練就一身不管去到哪都能夠立刻找到地方躲起來抽菸的好功夫，厲害吧？』

「工作很累？」

『累斃了。每天都只能這裡五分鐘那裡五分鐘的偷時間睡一下。』痛快的吐了個煙圈之後，姵姵神采奕奕的又說：『而且你曉得怎樣嗎？早上我醒來的第一個念頭是：啊，今天是我姐姐結婚的大日子，而我要睡掉這一整天！』

反正公司給了她整天假，反正家裡還不確定她抽不抽得出時間，那麼她何不乾脆就兩邊都請假、放自己一天假呢？姵姵解釋。而且反正雅筑老說她是說謊精，姵姵最後補上這一句。

『雖然是真的真的很想要這麼做，不過還是硬打起精神把自己帶來了，畢竟是唯一的姐姐嘛。』

「妳要不要睡一下？」指著我的肩膀，我告訴姵姵：「這裡五分鐘，那裡五分鐘。」

『好啊，那你五分鐘之後叫醒我？』

「OK。」

五分鐘。

「嘿，五分鐘囉。」

醒來之後的姵姵依舊倚著我，她笑著輕聲說：

『作了個夢。』

「嗯？」

『夢到小時候爸爸牽著我散步到附近的公園盪鞦韆。你記得我說的那個公園嗎？』

「當然記得啊，每天放學回家還是會經過。」

『那你記不記得那一年你借我練習的事？』

「Kiss？」

『拜託不要明白的講出來，我會害羞。』姵姵把臉捂在我的胸口輕笑著：『我也是會害羞的，雖然看不太出來。』

「呵。」

『很好笑，那時候是看了電影想知道是什麼感覺，現在反而是拍電影時會想起那個吻。』

「從草莓味變成香水味。」

『嗯？』

「我記得那時候妳嘴巴裡有草莓糖的味道，現在妳身上變成是香水的味道。」

『我好喜歡這香水味，去法國表演時買的，可惜台灣沒有賣，眞該多買幾瓶的。好聞嗎？』

「好聞哪。」我脫口而出：「有種會讓人想要擁抱的味道。」

『要借你練習嗎？擁抱。你有擁抱過女孩子了嗎？』

「沒有。」

『那麼——』

擁抱，以及，再一次的親吻，從草莓味變成香水味，從姵姵變成夏天，不再是孩子的我們。

『我想說謝謝你當年邀了我去台北玩，我想說我好高興你現在也長大了。』

在懷裡，姵姵最後這麼對我說。

第三章

他寫，我唱
有時候我眞的覺得
這就是天長地久了

◆之一
夏雨謙

阿姨專程北上打理媽媽的身後事，我感激阿姨的幫忙、陪伴和支持，喪禮的瑣事之多超乎我的想像，而媽媽的驟然離世則擊垮了我所有的理智；我驚訝那些遺族是如何能夠同時承受失去死者的傷痛並且同時處理、決定喪禮的繁瑣細節？這和年紀是不是有關係？如果媽媽是在我三十歲、四十歲甚至是五十歲之後再過世，我是否就能夠成熟並且圓滿的處理她生命的最終程？包括我心底被撕裂的痛？

我想問問阿姨。

我想不起來阿姨今年幾歲，我忘記她大媽媽幾歲。媽媽告訴過我嗎？

我想起我們和阿姨已經好幾年沒有見面。外公外婆還在世時，每年過年我們總會見上一面、闔家團圓，吃年夜飯、領紅包、說吉祥話，然後，最遲隔天一早就回台北。

『沒有年味的年，眞懷念我們小時候的過年。』

媽媽曾經這麼說過。

而外公外婆相繼過世之後，每逢過年媽媽則改爲帶我出國而不再回家，她的老家。

『我很羨慕那些感情很好的兄弟姐妹，不過我和妳阿姨其實並不親。雖然我們是姐妹，認識彼此也幾十年了，但爸媽過世之後，我們才突然發現、對於彼此的相處卻只剩下不自在。還好我還有謙謙妳這個親人，親生骨肉，否則一個人過年多孤單哪。』

所以媽媽，往後的年，我該怎麼過？

『她不應該開車的，我們一向不准她開車，那麼莽撞。怎麼會讓她又開車了呢？』

此時此刻，在媽媽的靈堂裡，阿姨像是在告訴我、也像是在問媽媽。阿姨的聲音裡有傷心、憤怒和不解，阿姨的眼淚裡也是。

『是妳爸爸告訴我的，在被通知車禍的第一時間，還有請我來處理喪事。我很驚訝這麼多年來阿存還留著我的電話。』

「爸爸他也會來？」

「當然哪。他不方便主導喪事的細節，但他又不忍心妳年紀輕輕就得一個人承擔這些，阿存他——」

「他不用勉強自己來。」

反正我不在乎，而媽媽也是，我相信。

『阿姨是不會騙人的，阿姨從來就不說謊、即使是善意的謊言。』筆直的凝望著我，阿姨說：『他說不出口而且看來也沒有機會親自告訴妳，但是請妳相信我，妳爸爸是爲了她來，也是爲了妳來。這些話妳現在聽不進去沒關係，但請妳放在心底，想一想，不管是多久之後，但不要是太遲了之後。』

「……」

『他知道如果沒來的話，現在在外面被記者包圍的人就會是妳，而且很有可能是、他們等不到妳就會乾脆直接跑進來堵妳，這不是妳媽媽所願意看見的，而阿存是了解她的。

『妳可能不記得小時候他是怎麼擔心妳生病擔心到哭，妳可能不記得小時候他是如何因爲妳第一次學會說爸爸而感動到哭。他很不擅長表達感情，可是妳不能不相信他是愛妳的，眞的愛妳的，沒變過，即使是被誤解也不後悔。』

「所以他打我媽媽也是爲了保護我？」

『小謙——』

「算了，那反正都已經過去了。」

『沒有什麼是眞正能夠過去的，尤其是愛。』

沒有什麼是眞正能夠過去的，尤其是愛。阿姨說。事情總不純粹只是我們的眼睛所看到的那樣、那一面、那一個畫面，所有的事情都是因果相關的，尤其是人與人之間的牽連、相處和互動。尤其是他們之間。

『他們之間不只是妳看見的那樣。關於爭吵，生氣的人不一定就是錯的，而哭泣的人也不見得就是對的。』

阿姨又說。

小時候她總是不理解爲什麼外公總是自己跑出去吃喝玩樂、遊山玩水，而把外婆留在家裡做家事、帶小孩、還得幫他燙襯衫，沒有一天例外過，是不是爸爸有外遇呢？她還眞的懷疑過，不過當然是沒有，眞的沒有。直到當她自己也當了媽媽之後，外婆才告訴她，原來那是因爲外婆她不敢坐車、會暈車，她從來不說的原因是覺得好丟臉，而且重點是比起外出遊玩、她眞的寧願待在家裡和女兒一起。

『姵姵總以爲她像媽媽，但其實只有外表，她其實像的是爸爸，她——』

「下雨的時候，鳥都去哪了？」

『嗯？』

「在外婆的喪禮上，媽媽突然問了這個問題。不知道爲什麼我現在想起來。」

『好吧，我知道妳現在不想聽這些。』

嘆了口氣，阿姨摸著我的臉頰，她小心翼翼的告訴我：『妳媽媽的經紀人在後門等妳，他好像有些問題想問妳。』

「什麼問題？」

『我不曉得。他只請我這麼轉告妳。』阿姨的語氣轉爲是幾乎的懇求：『如果妳不想去也沒關係，妳可以一直待在這裡，阿姨陪妳待在這裡等那些人都走我們再離開。那些人是不等人的，那些人從來就沒有耐心等人。』

「阿姨……」

『嗯？』

「當時和媽媽一起在車上的人是誰？」

『我不知道。』阿姨黯淡了眼神，『有人封鎖了這個消息，不知道是誰，也不知道是誰封鎖的。記者們一直想挖這個新聞，我不曉得阿存到底能不能應付得來。太多的驚嘆號也太多的問號了，妳媽媽帶來的，我妹妹留下的。如果能夠只是姵姵的話，她是不是就不會這麼早走了呢？』

吸了吸鼻子，阿姨稍微整理好情緒，她才輕聲的說：

『或者他想問妳的就是這個。』

「可是阿姨……」

可是阿姨，我該如何回答說我不知道，我該如何說出來、當媽媽死去的那一刻、當媽媽生命最後的那一段，我正在生她的氣，還在生她的氣。氣她毀了我和威廷，氣她活著只爲自己，氣——

可是媽媽，妳知道在人的所有情緒、愛恨嗔痴裡，最令人無法承受的是什麼嗎？是後悔。無法改變，無力改變，也無從改變的那種，後悔。

來不及。

「可是阿姨，他或許就是要告訴我答案，他或許就是封鎖了消息的那個人。」

他不是封鎖消息的人，也不知道封鎖消息的人是誰，不過他說當時不是媽媽開的車，但是他不願意再進一步告訴我，事發當時和媽媽一起在車上的人是誰。

『如果這樣就能讓夏天活過來的話我當然很願意，可是人死是不能復生的，所以反正那也不重要了。』他就這樣結束這個話題，然後說：『很抱歉妳母親過世，很抱歉我們上次的談話並不愉快，我指的是那次在電話裡。』

「媽媽還活著的時候，你指的那通電話。」

『……』

「是自殺嗎？」

『什麼？』

「媽媽是自殺嗎？報紙上寫的。」

『總說父母不了解小孩，可是為人子女的又眞正了解過自己的爸媽嗎？』他惱火的說：『報紙上的東西不必傻得全都相信，他們懂的只是賣報紙而已。』

「……」

『我眞想請問他們夏天爲什麼要自殺？什麼理由自殺？復出演唱會票房差嗎？那是打擊不了夏天的。你曉得夏天出道的第一次演唱是在夜市，連一毛錢都不必花就能親眼看到夏天在你面前唱歌，是這麼近的距離、這麼離得的機會；可是停下來看她表演的人連一個也沒有，因爲對面有個什麼的特賣會。而妳曉得當時她的反應是什麼嗎？』

那些人很快就會後悔錯過這次能近距離接觸我的機會。

『更何況夏天的重唱專輯正在錄製當中，相信我，夏天不可能半途而廢的，她熱愛表演，她尊敬自己的工作。』

「所以呢？你想問我什麼？」

他點起一根香菸像是要延緩這個回答。他說：

『雖然記者都走了，但這裡還是不方便談事情。』

「記者走了？那我爸呢？」

『就是他走了之後，記者才離開的。』他看了看四周：『很好笑，他那麼恨記者當初又幹嘛娶夏天，他又——』

「他還沒來上香。」

他都來了，卻沒給媽媽上香。

他都來了。

捏著我的肩膀，他放輕音量的說：

『我們去喝咖啡轉換一下心情，我待會再送妳回來。』

我說好。

『不知道是我老了，還是今年冬天早了，明明現在還是秋天，我卻已經感覺到冬天的冷了。』

說完這個義務性的開場白之後，他低頭喝了口咖啡，接著點了根白色香菸，然後他轉頭望著窗外的黃色天空，陷入回憶似的說：

『她是我這輩子最大的成就。那個夏天眞的是改變了許多人的人生哪！我指的是妳媽媽出道的那個夏天、當然。

『在我們這一行，向上爬需要天分、努力和運氣，而至於如何從最高的舞台優雅地下台，靠的則只是運氣；這兩點夏天很幸運的都擁有了，常常我會開玩笑的問她、上輩子燒的到底是哪一牌的香啊？這輩子能夠這麼好福氣，不過我其實是很眞心的問，呵。』

然後他笑了起來，隨著香菸捻熄，他的笑轉換成爲苦笑，他自嘲道：

『看來應該不是今年冬天早了，而是我眞的老了，動不動就話當年，就是連閒聊聽來都像在說教。難怪我的三個小孩一看到我就躲開裝忙，還好我老婆不會這樣對我，我上輩子應該也燒了不少好香吧。所以呢？妳接下來打算怎麼辦？』

我告訴他我會回英國念大學。

『那要花多少錢？』

「什麼？」

『學費、生活費、所有的花費，那總共要多少錢？』他看起來很抱歉似的：『我也不想要這麼單刀直入的問。不過這就是爲什麼我非得在這麼不合時宜的時間點找妳出來談事情的原因。』

妳媽媽沒有金錢觀念。他說。不過這也沒什麼好意外的：她被呵護慣了。她從小家境優渥，又年紀輕輕就賺了大錢，是那種絕大多數的人辛苦一輩子都賺不到的大錢，然後又嫁了個有錢老公，她從來沒有一天需要爲錢煩惱，所以她幹什麼要有金錢觀念呢？

『有沒有時間花錢反而比較令她煩惱吧？那畢竟是只有老三台的年代，百貨公司也只有幾家，而且都小小的，簡直就比現在的超市都小。』

但重點那都是十幾年前的事情。他繼續說。離婚後妳們長住旅館，妳們吃好穿好，妳們出門有司機、生活有助理，妳們每年出國旅行、買奢侈品，還有送妳去英國念書，而這些都是要花錢的。

『這些都是很花錢的。』他強調這句話。『我不知道妳爸爸供應妳們多少多久？不過她其實前幾年就已經開始向公司預支了，她透支了。』

但這也沒問題、當然。飲水思源、知恩圖報，這是為人的本分，我們公司是靠夏天賺出資本、打下江山的，所以沒問題，這是應該的。但現在的問題是：夏天死了。

『所以我們沒辦法再繼續無條件的供應了，就算我願意，老闆也不會准的，老闆沒道理這樣當的，公司是要經營下去的，公司裡還有其他人得照顧的。』

他低頭看著空了的咖啡杯，他猶豫著要不要喊來服務生續杯，他決定不續杯，他直截了當的問我：

『所以呢？妳打算怎麼辦？打電話向妳爸爸要錢？當然我相信他會很樂意，他那麼有錢卻只有妳一個小孩，他不給妳要給誰？錢又帶不走而且天堂也花不到錢。他當然很願意，說不準他甚至還會派兩個保鑣陪妳去英國保護妳呢。

『但問題是妳呢？妳願意嗎？還是妳要半工半讀呢？端盤子、掃房間？妳做得來嗎？這樣妳媽媽在天堂會安心嗎？還是會哭泣呢？她那麼疼妳，她捨得嗎？她死前妳拿過最重的東西可能是筆，她死後妳卻得給人洗碟子賺錢？』

我腦子一片空白。

他喊來第二杯咖啡。

『夏天信任我，從最初到最後她都信任我。她常把「如果沒有寒大哥，我眞不知道該怎麼辦」這句話掛在嘴邊，其實我常常聽到她對很多人都這麼說：如果沒有你，我眞不知道該怎麼辦。化妝師、錄音師、製作人……好多人她都這麼說。』他笑了起來，『她很會撒嬌，每個人都喜歡被她撒嬌；很多人把撒嬌搞得噁心又做作，但夏天卻做得像是在恭維對方，她是有這方面的天賦。

『不過這是眞的，只靠她自己的話，她的生活一定一團亂，她甚至連幾點幾分幾月幾年都得旁邊的人提醒。所以我打從一開始就習慣了凡事都幫她想在前頭，公事、私事、瑣事甚至是心事，不這麼做不行，被呵護慣了，又回到這個老問題、這上輩子修來的福。』

而他現在想的是：他們要把我變成第二個夏天。

『重唱專輯沒有完成、夏天一定很不甘心。她老是告訴我以前的錄音帶音質差透了，現在連她自己聽了都難受，如果可以重新翻唱錄成現在這種薄薄的、圓圓的、亮亮的CD，那不是很棒嗎？她也想要擁有這樣的作品：夏天的CD。

『可是沒有完成，來不及完成，所以由妳來代替妳媽媽完成，這不是很棒嗎？夏天如果知道的話，她一定也會這麼說。』

而且如果能夠也是在夏天發行的話，那就更有意義了。他繼續說。不過沒辦法，打鐵要趁熱，現在夏天還在新聞頭條上，但誰曉得能停留多久？人是健忘的。所以我們最好能儘快在這波懷念夏天的熱潮中推出。

我們沒有失去夏天，我們擁有新的夏天。

他連slogan都想好了，而老闆也樂見其成，他相信夏天的歌迷如果知道的話一定興奮死了！簡直就像是失而復得的禮物，對他們而言、對我們而言、對在天之靈的夏天而言。

『所以現在就只等著妳點頭了。妳覺得如何？』

「我不知道……」我覺得好害怕，「我還是想要念大學。」

媽媽有時候會告訴我，她很好奇當大學生是什麼感覺？是不是很拉風呢？一定很拉風吧？她們那年代能夠考上大學可是超級拉風的事情。她說她那時候有點想要念大學，如果她那時候回去念大學的話，就算沒有近視、她也一定要戴一副眼鏡然後手裡捧著書走在校園裡，這樣一定很神氣，而且她才不管別人怎麼說。

可是她連高中都沒有念，可是她——

『傻女孩，大學隨時都可以回去念，但機會卻是從來就不等人的，尤其是我們這一行。』

「我不知道……」

『妳想想：如果夏天那年繼續念高中的話而錯過當大明星夏天的機會，她是不是會嘔死？夏天一定會嘔死，所有人都會嘔死，所有愛她的人。』

他堅定的說，然後喊來服務生，買單。

那是一九九九年的事，一九九九年秋天。

那年秋天同時也發行首張專輯的還有梁靜茹，《一夜長大》。

一夜長大，我的人生也是。

我的首張專輯——或者應該說是媽媽的最後一張專輯、未完成的最後精選——在那年秋末冬初趕製上市，銷售成績與其說是不如預期、倒不如直接說是慘澹無比；這引來了很多媒體的注意，這確實造成了很大的新聞，但、也僅止於此了。賣差就是賣差，非黑即白，沒有灰色地帶。

這讓我感覺自己好像是媽媽的仿冒品，一個仿冒夏天的瑕疵品。

我遺傳了媽媽的外表，卻沒遺傳到媽媽的舞台魅力，媽媽是天生就適合舞台的，但我不是，我甚至很害怕得要面對媒體；但他們不這麼認爲，他們說這並不公平，他們不肯放棄，也不准我放棄。

他們認定是專輯錄製倉促，他們甚至還怪罪到九二一去；他們計劃夏天時推出第二張專輯、爲我量身打造的新專輯。

『情歌可以多一點，然後舞曲一兩首就好，甚至不用是主打歌。』

寒大哥篤定的說。

他們還要我吃胖一點，再肉感一點、再性感一點、再夏天一點；但是沒有辦法，他們越是要我吃胖，我就越是壓力的瘦。

『滿諷刺的。』在錄音室裡，寒大哥若有所思的說：『夏天一直想要再瘦一點、這樣上鏡頭才好看一點，而她的女兒卻胖不起來。妳曉得嗎？那時候的夏天是一天沒吃減肥藥就一天不肯出門工作的。』

『如果不是妳徹底遺傳了爸爸，就是夏天懷妳的時候還在偷吃減肥藥所以根深蒂固累積在妳身體裡了吧？』

他試著開玩笑的說，他想要我放輕鬆的笑，但事與願違；媽媽看他是看到信任兩個字，而我看他卻只有壓力。

壓力壓力壓力

我什麼都沒告訴他，我什麼話都往心底放，我想我的個性是徹底遺傳了父親。

隔年夏末，梁靜茹發行第二張專輯《勇氣》，這次歌紅人也紅，奠定了她身爲情歌天后的開始。

她把情歌唱成一段感情，而我只能唱成一首歌，這就是差別；成功與失敗，沒有灰色地帶。

我的第二張專輯依舊發行在秋末冬初，因爲原先的企劃完全被推翻、重新再來過，他們這次認定問題出在於不應該把我打造成爲第二個夏天，他們要把我塑造成玉女歌手。

『方向完全搞錯了，這年代紅的是這個、玉女，妳適合的是這個，妳長得漂亮，妳甚至不必假裝清純。』

我告訴他問題不是出在於定位，而是我根本就不適合唱歌也不適合站在鏡頭前，我總感覺自己像是個騙子、每當拿著麥克風的時候。

『再試一次，讓我們再試一次，就這一次好不好？』

我說好，只得說好，因爲錢都砸了，他們說。

結果依舊是失敗，而這次，媒體連採訪都沒了興趣。

人是健忘的。對於我、他只有這件事對了。

我沒有在媒體看到我第二張專輯的新聞，我反而在新聞裡看見了威廷結婚的訊息。

現代版的灰姑娘。標題是這個。

威廷娶的不是每個人所預期的豪門千金、門當戶對的那種，卻是不顧長輩反對娶了平凡出身的女孩，小他兩歲，和我同年。長輩雖然反對，但終究還是舉行了婚禮、豪門婚禮，婚禮上新娘看起來一臉的不自在，而至於威廷、則幸福洋溢。

我看過威廷的那個表情、當我們相愛的時候。
『總好過娶個歌女進門。』
當記者採訪威廷的母親時，她如此說是。
我關了電視。

拿出《勇氣》這張專輯，我把CD定在〈最後〉這首歌，閉上眼睛，聽。

最後　我們都錯過
愛過　不一定會有結果
最後　走不到最後
愛你　卻又必須　放手

詞／曲　袁惟仁

◆之二
杜宇維

一通電話，一聲邀約，一份思念，一段感情，我的人生，就此轉變。

『你考台北的大學好不好？』在電話裡，姵姵期待的提議：『這樣我就不用每天想你了。』

這是個吸引人的決定，但卻不是個容易的決定。雖然沒有明說，但我心底也明白媽媽和阿嬤其實是希望我能夠念就近的大學、繼續住在家裡面，並且，畢業之後，找份離家近的安穩工作就好。

『平凡的人生其實比較幸福。』媽媽說。

『家裡還是得要有個男人在比較好。』阿嬤說。

如果不是因爲和姵姵相戀的話，或許那就會是我的人生也不一定吧？只是當時的我、和姵姵熱戀的我，滿腦子都是姵姵的我，哪管得了那麼多？

熱戀中的人從來就管不了什麼。

也於是當媽媽雖然猶豫雖然不捨卻還是點頭答應讓我選擇台北的大學時，我眞的大吃一驚；在媽媽眼中彷彿這只是遲早的事、關於我也去台北。

『至少那邊有月子可以就近照顧你。』媽媽說。

『記得常回來看我們。』阿嬤說。

台北，轉變，和姵姵。

夏天，我們拉近距離的第一個夏天，這裡五分鐘，那裡五分鐘。

大學的第一個月我很寂寞，一個人突然被丟到陌生的大城市學習獨立生活、打理自己，髒衣服不再只是丟進洗衣籃就好，而三餐也不再只是一句：今天煮什麼？

對我而言最大的差別是：我得和室友共用一間寢室，比我家浴室還小的寢室，還四個人共用，而且沒有陽台。

入學之後的第一個週末阿姨和阿存來看我時，我就很認眞的問他們：

「台北人都不需要陽台嗎？這樣他們衣服要曬哪裡？」

這個問題讓阿姨笑了起來而且笑了很久，她當下居然沒有立刻跑出去打電話給媽媽和阿嬤、說給她們也笑一下還眞是令我意外；相較於阿姨，阿存倒是正經的回答：

『我們家以前有陽台，我們以前的家。』

接著他們開始把話題轉到阿存現在的進口事業，於是我知道，阿存現在事業做得有聲有色、十分賺錢，他把原來的公司重新整合起來，他就快要能夠把以前的家買回來了。

他沒待多久就走了，阿存看起來很忙的樣子，我很高興他那麼忙還是抽空來看了我一下。

『告訴你喔，大學和高中最大的不同就是自由，但相對的，這是讓你學習對自己負責的意思。好好享受吧、你的大學生活。』

「喔。」

我恐怕沒辦法像阿姨那麼樂觀，我很擔心我的賴床習慣，沒有阿嬤推開門走進來掀開我的棉被輕拍我的臉頰、我眞的能夠自己起床嗎？

『所以呢？你社團打算選哪個？你們應該還沒開始決定吧？』

「嗯，不過我已經決定好了，吉他社。」

『好個意外。』看著我擺在床頭的吉他，阿姨笑著說，『不過念大學自己的時間會變多，你要不要考慮多選一個？例如校刊社？』

「校刊社？」

『寫文章、訪問名人，很好玩，就像阿姨現在的工作。』

「例如訪問夏天嗎？」

阿姨又笑了起來：

『對，就例如訪問夏天這一類的名人，不過她是大名人，如果你能訪問到她，搞不好連校長都可以換你當。但我想校刊社訪問的都是作家、文人之類的。說來是真的氣，我差一點就有機會訪問張愛玲耶。』

「嘩！張愛玲耶。」

阿姨滿意的說：

『所以囉，祝你好運。』

我恐怕是沒有那個好運氣能夠親眼見到張愛玲，因為她當時已經過著幾乎隱居的生活，不過我很幸運能夠和這時依舊活躍的大明星夏天見面，近距離面對面。

雖然只是這裡五分鐘，那裡五分鐘。

一開始我是把課表交給姵姵，接著她會對照她的行程表，我們就這麼捉出時間見面，不過通常不多就是；通常是姵姵趁著工作的空檔讓司機到學校接我、就這麼開著車在學校附近繞轉，或者是接我一起到姵姵拍電影的現場、然後再獨自送我回宿舍。

在姵姵拍的電影裡、她和男主角總是在海邊或咖啡廳約會，然而現實生活中，我們是在車的後座聊天，我們總只能在車的後座聊天，這讓我感覺到很不自在；雖然司機是安安靜靜的開車，不往前方看的話、甚至還感覺不到他的存在——是這樣子程度的一個安靜。不過他確實就是存在，在前座開車，聽著我們的談話內容，如果偷瞄後照鏡的話，還可以看見我們親吻和擁抱。

姵姵大概是習慣了，因為這就是她的生活：被觀看。所以我想我也只能跟著習慣。熱戀中的戀人哪。

『我早就會開車了，而且還真的跑去考駕照了。』

有一次，姵姵不服氣的說。

『可是他們就是不讓我自己開車，什麼疲勞駕駛啊我粗心大意啊、什麼的，這真的是很討厭。』

我同意。

從電話約會變成車上約會，姵姵開玩笑的說。

『不過沒關係，寒大哥說反正不要被看見就好。我指的不是這個。』

順著姵姵的視線，我看著她指間的香菸。

『我常常和寒大哥提起你。有時候我會跟他開玩笑，乾脆換你當我的經紀人好了，這樣我最常能見面的人就是你而不是他，哈～』

聽得我都嫉妒了。

『結果你猜他怎麼說？』

「怎麼說？」

『他當眞說他還要養小孩啊什麼的、不能失去我這份抽成，眞是沒幽默感。』把頭倚在我的肩上，姵姵轉而輕聲的說：『眞是不公平，我忙得連睡覺的時間都沒有，而他居然已經要生第三個小孩了。你曉得雅筑也懷孕了嗎？』

「嗯。」

『我要當阿姨了。』

「我也是啊，要當叔叔了。」

『我媽他們高興死了，我當明星的時候他們都還沒樂成那樣咧。』

明明想要說的抱怨、但姵姵卻說得像是在羨慕。

「老人家總是這樣。」

『好好笑，我們都還這麼年輕。』抬起頭，姵姵望著我，姵姵突然的說：『我要活很久，變成騷包的老太婆。』

「總算我不用再問妳騷包是什麼意思了。」

姵姵先是楞了一下，接著她笑了起來，她曉得我指的是我們第一次親吻的那年，那個畫面。

『可以一起長大，然後相愛，最後還一起變老，這眞的是很幸福，很難得的幸福。』

幸福。

往後回想，那居然是我們最幸福的一刻。

沒有雜質的幸福。

大二那年冬天，姵姵的爸爸過世，淋巴癌，發現太晚，走得太快。

那是我第一次見到寒大哥，也是我們往後這一輩子合作的起點。

接到陳爸爸入院電話的那天下午，他開著車載姵姵來接我一起南下探望，我們陪著姵姵在醫院裡待了一整夜，直到隔天中午離開；他還有別的工作得忙，而我則要準備考試，至於姵姵，則是她出道以來第一次放假。

『她要休息到陳伯父康復出院。』在北上的獨處車上，寒大哥打破沉默也打破疲倦的說：『不過當然我們都知道其實夏天指的是喪禮，有些話是這樣，好像不說出口就可以不會成眞。』

姵姵要陪著陳爸爸走完最後的人生，一起度過和爸爸生命裡最後的每一分鐘、每個最後的一分鐘。

『很多事得處理，退通告，解釋爲什麼退通告，幫他們向夏天轉達一些致哀的話，不是每個人都有機會能夠親自和夏天說到話的。』

他把話停下來解釋這點，臉上的表情看不出來是驕傲還是與有榮焉，當然也有可能他是認爲我該爲此感覺到驕傲以及與有榮焉吧。

『還得找人替補夏天原本檔期什麼的、如果是沒辦法退的通告。不過我想廠商應該會寧願等吧？雖然不知道要等多久。有誰能替補得了夏天呢、畢竟。』

「嗯。」

『抱歉跟你扯這一堆廢話，我只是很怕冷場所以硬找話聊，我們這一行的人是這樣，冷場不對，冷場簡直該死，冷場是會被導演罵的。』

他說完自己笑了起來，不過我不知道這話好笑在哪裡？我畢竟不是他們那一行的人。

『如果想睡的話沒關係，我知道你的宿舍怎麼走，到了再叫醒你就好。整夜沒睡一定很累。』

「是滿累的，」我告訴他，「不過睡不著，腦子裡一直在想事情。陳爸爸是看著我長大的，我的意思是……」

『嗯，我懂。幫我點火好嗎？開車不太方便。』

他一手握著方向盤、一手抽出香菸，然後用下巴指著前方的打火機。

『這樣吧，我繼續說些無聊的話煩你，看能不能幫你想睡覺。』

「呵。」

『你和夏天是童年玩伴？』

「嗯，一出生就認識，我們的長輩是鄰居，還有阿存也是。」
『中午趕過來的那個年輕人？』
「對。阿存很厲害，把他們家本來破產的公司又重新經營了起來。」
『原來是他。夏天只說他們也是朋友，倒沒提那麼多。』
「怎麼了嗎？」
『喔，工作的事，夏老闆很有生意頭腦，不意外他年紀輕輕就生意越做越大。』
阿存知道姵姵情有獨鍾的那款香水，阿存知道台灣還買不到，阿存於是飛了一趟法國去談妥代理，阿存想請姵姵當代言人，他願意付相當高的價錢，因爲他知道這絕對是會賺錢，賺大錢。
但你也可以把這個舉動解讀成爲追求。我猜他的表情他的眼神他的話語都暗示著這點。
『他很有生意頭腦。』
寒大哥把眼神從我臉上移回前方，他又重複了一次這句話。
『不過不可能，很可惜這是不可能的。國外的做法是這樣沒錯，瑪麗蓮夢露和CHANEL NO.5，多成功，不過這裡是台灣，這行不通，夏天是巨星，巨星怎麼可以拍廣告，這是自貶身價的事，又不是過氣了、我們幹嘛要自砸石頭。』
「姵姵沒說過這個。」

她沒說過和阿存還保持聯絡。從寒大哥的語氣聽來、他們好像經常見面，可能工作上、可能私底下，可是姵姵從來沒有告訴我這些。是覺得沒有必要還是刻意隱瞞？

——嗯。他們之間是有點什麼、我覺得。

——那時候我有點懷疑姵姵暗戀阿存，我第一次看到姵姵臉上出現害怕的表情，還是該說在意呢？

——反正就是那方面的意思。

我想起雅筑那年說的這些話，我想起他們在台北多待的兩年，我告訴自己不要胡思亂想，我命令自己繼續聽寒大哥說話。

『……預感，』他正在說，『做我們這一行的最需要預感，否則簽錯人、推錯電影或者選錯歌、那可是天堂和地獄的差別。所以呢？』

「所以什麼？」

『喔，你剛剛沒在聽。』他一點也不介意的又問了一次：『我剛剛問你什麼時候畢業？』

「後年吧。」

『畢業後有打算做什麼工作嗎？』

「還沒想到那麼遠。」

『我想也是。你才剛升大二、這當然。夏天說你會寫東西也會彈吉他？』

「我是吉他社和校刊社，吉他社是社長，但校刊社還不是主筆。什麼預感？」

他笑了起來：

『還不是。我喜歡你這個想法，我也喜歡你這個人格特質：雖然會聽漏重要訊息但總曉得回頭再問一次。』他說：『我有預感夏天在等你畢業、退伍、找工作，然後就和你結婚、退出演藝圈。』

我楞住。

『你還沒想到那麼遠、當然，你還年輕，還是學生。可是夏天不一樣，她也還年輕，可是她已經工作很久了；比起這年代的女人她是比較前衛流行也比較做風大膽，這就是爲什麼她光是吃個飯都能上頭條的原因。』

姵姵說過這則新聞：她堅持吃飯自己付錢，她不覺得只有男人才有拿帳單的權力。她問我如果我們約會是由她來買單的話、我會不會生氣？我告訴她、我滿腦子都期待著那一天的來臨，誰來買單眞的不太重要。

『……但她畢竟還是女人，她終究和她媽媽、她姐姐一樣，她們骨子裡都是傳統的女人，她們都嚮往婚姻而且是早婚，她們沒打算讓自己等太久。她沒打算一輩子都只當夏天。』

「所以什麼？你剛剛還沒問出口的。」

所以他想讓我嘗試塡詞譜曲，看看我是不是這一塊料，雖然還不知道，不過話說回來不去嘗試誰又會知道。

「我不曉得……」

我據實以告。雖然我是滿常抱著吉他哼哼唱唱，偶爾也會心血來潮寫個什麼歌來自娛娛人，可是——

「可是幫眞正的歌星寫眞正的歌？我想我還沒那本事。」

『還沒那本事。』

他笑著刻意加重『還』這個字。他告訴我一位畫家的故事，既沒有受過專業的繪畫訓練，就是連教育也沒受過多少，甚至家族裡有沒有過藝術基因也是個問號，但無論如何有天他接觸了畫，他腦子裡有個什麼被打開了，他就這麼一頭栽了進去，接著作畫開始變成了他的第二生命，不，或許作畫已經凌駕了他的生命。

所謂的天分就是這麼一回事，你需要的只是被觸發，然後去嘗試，以及努力。

『你得跟上夏天的腳步，否則你可能會失去她。』他說：『尤其她爸爸可能沒能來得及看到她結婚生子、步入家庭，這多少會影響她的決定，和計畫，儘管她是眞的很喜歡你。遺憾所帶來的改變永遠超乎我們的想像。』

人生是充滿變數的，尤其是在愛情裡面。

這是他當時告訴我的最後一句話。

而往後——我指的是當我們變成工作夥伴、甚至可以說是朋友的這種往後——寒大哥才告訴我的是：

『雖然這麼說很不厚道而且還缺德得很，不過眞的是事實：夏天的爸爸走得正是時候。』

陳爸爸走得正是時候，這讓夏天休息得正是時候，他遇見我也正是時候，他的提議尤其最是時候，因爲夏天是該轉型了。

『她還是最紅，唱片還是第一名，電影也依舊是票房保證。可是已經慢慢退步了、和以前的夏天比較，這已經是事實、而且很快就會被發現。觀眾是會膩的：總是勁歌熱舞的性感夏天，總是扮演天眞活潑的專情千金的夏天，然後呢？還有嗎？』

夏天該要開始唱些眞正的情歌了。

『Timing。』他又說：『當我腦子裡跳出這個警覺時，我身邊坐的人是你，第一次見面也不知道該聊些什麼，所以反正就拿來當話聊、說說也無妨。』

反正我也不一定會接受他的提議，反正我也不一定是這塊料，反正無論如何他當時已經決定回台北的第一件事不是幫夏天退掉所有通告、卻是去找大師們幫夏天量身打造下一張專輯、情歌專輯，讓懷抱喪父之痛的夏天，以全新的姿態復出，唱著憂傷的情歌，讓夏天的演藝生命再掀高潮。

『不過你答應了，不過你嘗試了；timing，我們都捉住了。』他親密的拍著我的肩膀，高興的說：『而且那時候我一看到你的詞和曲就知道了：不必浪費時間去和大師們喬檔期了，不用去說服大師們夏天是能唱情歌的，因爲我自己就找到了一個。』

舉杯，他說：

『讓我敬你一杯，敬未來的大師誕生。』

「我不會喝酒。」我想告訴他的是這個，不過話說到了嘴邊卻變成：「只是湊巧的幸運而已。姵姵——我是說夏天，她給了我很多意見和想法，大多數的創作都是她的意見和想法。」

那是我們一起的創作，而她則是我的靈感女神。

『天分、努力和幸運，我們這一行成功的不二法門。』

我輕輕碰了酒杯意思一下，而他則是喝乾了杯子裡的威士忌，接著立刻又添滿了酒，對著前方的空氣他再次舉杯：

『謝謝你了、陳伯父。』他帶著醉意的告訴我：『或許站在你們創作人的角度，可以解讀成爲是父親用生命送給女兒的最後一份禮物。』

「……」

『抱歉我又胡言亂語了，一喝過頭就這樣：變成酒品不好的討厭鬼。』

他轉頭要坐在身邊的人去給他倒杯熱咖啡，我不知道那個人是誰、什麼身分，不過看起來他也不在乎；在這一行他是個有分量的人，這是我即將會看見的事實。

『你想夏天會在意我沒有去陳伯父的喪禮嗎？』

遙望著慶功記者會上正在接受訪問的夏天，他低聲的問；我不確定他是問我還是自言自語，我告訴他：應該不會吧。

『你曉得嗎？我恨透死亡這鳥事了、尤其是喪禮，去醫院探病已經是我的極限了。告訴你：我是眞的連自己的喪禮都不想要參加。』

「你要不要先喝口熱咖啡？」

這下我已經清楚的聞到他話裡的酒味了。

他聽話的喝了一口，但隨即嫌燙似的放下咖啡杯，我很驚訝他是接著點起香菸來抽、而不是叫剛才那個人替他把熱咖啡吹涼，或是叫隨便哪個人過來幫他吹咖啡或點菸。

『趁我還記得的時候先問你：你要不要搬出學校宿舍？公司在錄音室有層公寓空著

想讓你住，這樣我們找你方便，你工作也方便，還有，約會也方便。』他笑了起來：『實際上就是夏天現在住的公寓樓上而已。』

「我……」

我想要先問我媽媽，或阿姨。

我首先是想要這麼說可是我發現我說不出口。

『不用急著決定沒關係。』他體貼的表示：『畢竟你現在還是學生，學生最重要的還是課業。不過夏天聽了這提議倒是很高興，她一直很遺憾你們還沒能夠有過眞正的約會。』

此刻周圍響起了掌聲：記者會結束了。

我攔截住舞台上姵姵搜尋的眼神，我們四目相交，眼神裡傳遞著無聲的默契；姵姵說了聲謝謝大家，接著就放下麥克風起身離開，跟著我也起身，我想要立刻跑去休息室見姵姵，連一秒鐘也不想浪費，如果可以的話我甚至想要用飛的過去。

可是寒大哥拉住我，他很快的又說：

『我有預感你會是讓夏天再成功一次的重要推手。讓我帶你去認識一些重要的人，人脈也很重要，不只是在我們這一行。』

得讓別人看見才有機會，得有機會才有表現，否則只會懷才不遇。他說。

『這是我的職業病，我討厭懷才不遇。』並且：『不要浪費你這張好臉。』

你不得不佩服他深謀遠慮的心機，或者應該說是：用心。

在那之後、我搬進那層公寓，我們的關係急速前進，無論是我和姵姵，又或者是：我和夏天。

他們讓我操刀夏天的新專輯，這是個大膽的決定，卻也是個成功的決定。大成功。

同年我多了王牌製作人這個身分，同年我和夏天的緋聞躍上頭條，沸沸揚揚；我們開始能夠在公開的場合見面約會、雖然嚴格說來是談工作的事居多。我們終於能夠在公開的場合見面約會，而不只是車上、電話裡，或者是關上門後的兩人世界。

諷刺的是，我始終想不起來那些年是誰付的咖啡錢？是我還是夏天？然而我卻始終清晰的記得：當我第一次從報紙上看著讀著我們的名字，當我們的照片一同出現在報紙上被寫、被揣測、被炒作時，我腦子首先想起的卻是寒大哥告訴過我的這句話：

『不必相信報紙上的每件事情，他們從來就不管事實，他們從來就只在乎賣報紙。』

我們的關係具體了，我們的感情公開了，然而我對於這段感情的感覺卻失真了：彷彿我們只是另一段緋聞，另一段夏天的緋聞，關於我和姵姵，我們的愛情。

我們在兩年之後分手。

第四章

愛情是這樣，
你知道它來了，
卻一點辦法也沒有。

而，
走的時候也是。

◆之一

夏雨謙

當手機響起的時候我正在公寓裡整理行李。

這公寓是他們提供給我的住所，他們說媽媽結婚前也住過這裡，是屋齡相當久的老舊公寓，總共五層樓高可是沒有電梯，不過通風和採光倒是沒話說的好；從外觀看不出它的實際屋齡，然而屋子裡的格局卻說明了一切：小小的三個房間，但廚房和客廳卻誇張的大。我忍不住想像當時的媽媽初見到這巨大的廚房時、她的反應會是什麼？

『我要這麼大的廚房幹嘛呢？幫我改成更衣室吧。』

或許是這樣或許不是，天曉得。

如今唯一知道的是媽媽把廚房當成儲物室，由牆壁延伸堆放的紙箱裡裝的不知道是什麼、因爲被封死了，我有點納悶媽媽在結婚的時候爲什麼沒有把這些東西一併搬去？家裡明明空房間還很多。

我有點擔心得把這些裝有媽媽遺物的舊紙箱丟棄。

這幾天我仔細算過媽媽留下來的錢加上我帳戶裡的總額，我不認爲在繳完重考班的學費以及預留的生活費之後、我還能夠租到足夠空間的公寓帶走它們。

或許公司會同意讓我把它們繼續存放在這裡吧？他們說這棟老公寓的上一位使用者是媽媽而下一位則就是我。

『空著這麼多年實在浪費，尤其這地段的房價是每年每年的飆漲，建商是遲早會找上門談收購的。』

我想起寒大哥曾經這麼告訴我，我心想或許我還是得把它們帶走。我不忍心媽媽的遺物會被當成垃圾丟棄。

而手機也是公司替我辦的。

把手機交給我的同時，他們也把這號碼發給一些他們認爲有必要知道的人，包括父親。

『擅自決定是有點說不過去，不過我就是覺得有必要這麼做。』

父親打過幾次這號碼，但我一次也沒接；最後父親在手機裡留言他再婚的消息，而我也沒去、儘管我很好奇他的新太太會是什麼模樣的人。

也於是此時手機響起時我直覺以爲會是父親的來電，畢竟公司和我已經提前解約了，如今他們大概也不再想浪費電話費甚至是任何一分鐘在我身上了吧。

但結果居然是寒大哥親自打來的電話：

『妳在家嗎？』

「欸。」

『我人在轉角新開的咖啡店，過來一起喝杯咖啡好嗎？』

「現在？」

『如果妳方便的話。有重要的事找妳談。』

『抱歉好一陣子都沒有來看妳，我最近有點忙，忙著讓自己停下來休息，忙著見朋友，一個久違的老朋友，他終於回來了。』

這是他的開場白，沒有滿嘴經驗談，滿肚子往事以及只他自己才懂的冷笑話暖場，這和我印象中的寒大哥很不一樣；只有先點菸抽才接著點咖啡喝的這個老習慣依舊如昨。

雖然明知道他不會不好意思開口，不過我還是自己主動先說了：

「我已經開始在找房子了，如果你們急著把公寓收回去的話，我可以先找旅館待著也沒關係。」

『喔、不，我不是來找妳說這個。』

他緊張的笑了起來，拿下眼鏡放在桌子中間，揉著太陽穴，他強壓住頭痛似的說：

『妳可以繼續住沒有關係，反正是我們老闆空著沒用的公寓，而且我早答應過夏天會照顧妳的。』

「早答應過？」

他沒理會我這個問題，他只是喝了咖啡，然後捻熄了菸，接著重新戴回眼鏡，他說：

『是我的錯，我看走眼，還帶著妳走錯方向、一錯就兩年。這種事我一向是很精準的，我指的是做藝人；可能是我老了，也可能是夏天的死太打擊——』清了清喉嚨，整理好情緒之後，他才繼續又說：『無論如何，杜爺妳曉得嗎？』

我搖頭。

『也對，那是我們圈內人對他的稱呼，他用的不是這筆名。自從他母親過世之後就慢慢淡出了，接著他完全消失了幾年不見人，而現在他回來了。他作過的歌妳一定還知道。』

他唸了其中的幾首歌，我全部都點頭。那全都是經典情歌，儘管已經不是新歌，但至今卻依舊被傳唱著的經典情歌。

『那全是他後期的作品，考慮到妳的年紀所以我提的是這些。實際上妳也唱過杜爺寫的歌，正確說來是妳重唱過他幫夏天寫的歌。』

他停了一會、想著什麼，他有個什麼想說、但想了想之後他決定不說。

『他聽說了妳的事，他也聽了妳的兩張專輯，然後就是我剛才說過的：全都錯了，是我的錯。』

無論如何，他又重複了一次，接著他問我要不要嘗試轉向幕後塡詞譜曲？

『妳有音樂底子，不過我們還是會先讓妳跟在老師的身邊學做音樂，當然我猜妳有可能還是會想要考大學，只是這麼一來妳起步都已經晚了三年至少——』他倏地閉上嘴巴，然後苦笑了起來，搖搖頭，他苦笑著說：『老毛病又犯了、太愛替別人做決定了。杜爺才提醒過我呢。』

無論如何，他第三次重複：

『無論如何，這一次由妳自己決定。』

沉默了好一陣子之後，我才說：

「他怎麼知道我適合寫詞寫曲？」

寒大哥笑了起來，不是苦笑、微笑，或假笑，而是發自於內心的笑；這是我們這次見面他第一次這樣笑，也可能是我們認識以來的第一次吧。

『不，他不知道。』他笑著說：『親愛的，這種事從來沒有人會知道，直到我們去試了爲止。』

那是我往後人生的起點，在轉角這間新開的咖啡店裡，我決定接受寒大哥的建議，同時把目標定在夜大就好；或許是因爲他說得對——起步晚了三年至少，或許更只是因為寒大哥在那天談話的最後，他告訴我：

『快樂一點，活著總是件好事。杜爺要我轉告妳這句話。』

我始終沒見過他口中的杜爺，我不知道他是誰，只知道他後來誰也不見。

那是二〇〇二年的事，那年梁靜茹發行了第五張專輯《Sunrise，我喜歡》，同時我也決定開始了我的新人生，我重新活過；我總是在下午起床，接著走到這間咖啡店裡吃下我的第一餐以及喝下我的第一杯熱咖啡，接著一路走到錄音室裡幫著老師做音樂也學著怎麼做音樂，而晚上則轉兩班公車去上課。

隔年我發表了自己的第一首創作，雖然不是被收錄成主打歌，不過也眞足夠我開心好久。

我持續上課，持續創作，持續發表，持續和寒大哥保持聯絡，持續和父親不聯絡；就在梁靜茹發行《燕尾蝶》這張專輯的這年冬天，我遇見家揚。

這天是我第一次整整二十四小時沒睡，首先我感覺到害怕，我害怕我會累到暴斃，可是這樣不行，因爲我手中的歌曲只有我能完成，如果我死了它們怎麼辦？接著我的感覺是亢奮，我亢奮因爲失眠於是多出的時間正好足夠我完成這張專輯的製作。這是他們第一次讓我也參與專輯的創作、而不再只是單純的塡詞譜曲，我好高興，我覺得好有成就感，彷彿我的人生因此往前邁進一大格。

那時候我還不知道，在往後的日子裡我將會升格成爲製作人，全權決定整張專輯的定位，而視爲平常則將會取代最初的這份雀躍；在往後的日子裡我將會習慣這脫序的睡眠時間，並且完全不以爲意。

在往後的日子裡。

此時我人坐在咖啡店外頭的座位上，一邊抽著香菸一邊曬著冬天的午後陽光、好驅走身體裡的寒意，而注意力則游移在該點熱咖啡還是熱牛奶之間：二十四小時之前我才從這個位子吃下我昨天的第一份三明治喝下第一杯咖啡，然後走向錄音室；二十四小時之後我終於走出錄音室，坐在同一個位子上正準備吃下我今天的最後一餐。

我覺得我再不睡覺可能會有麻煩，所以我想點杯熱牛奶幫助睡眠、儘管我其實還不睏，但我又害怕會睡過頭錯過晚上的課，所以我想點杯熱咖啡幫我再撐過這個下午、接著下課之後再一次睡它個夠，好讓作息恢復正常——

我一定是想得太專心太忘我，以至於我沒看見前方有個高高瘦瘦的年輕男生朝著我走來，我沒看見他手上牽著一隻狗，沒看見這狗好像對我很感興趣似的停下來聞了聞，在嗅了嗅又聞了聞之後、牠老子決定我們可以當個人狗朋友，於是牠抬起短短的後腿帥氣的撒了一泡尿——剛好就撒在我放在地上的包包。

我聽見男人驚呼了起來：
『老頭！』
直到此刻、方才的這一段畫面才從眼角來到我的視線中央。
我知道此時笑出來很不恰當，因爲眼前這年輕男生已經又羞又惱的漲紅了臉，可是我眞的忍不住被這隻明明犯了錯還闖了禍但卻依舊一臉兇狠表情的狗給逗笑，牠的表情彷彿是在告訴我：我知道我錯了，可是妳敢生我的氣就試看看。
我忍不住伸手摸了摸牠皺皺的臉和軟軟的嘴皮子，這個舉動讓牠老大高興的扭著圓圓的屁股在我腳邊蹭啊蹭。
『呃、小心……』
「牠會咬人？」
『不，牠只咬食物。』
他稍微放鬆似的笑了起來。他說起話來很開朗，但笑容卻很靦腆，我注意到這點。
『只不過牠會撞人，那是牠撒嬌的方式，牠很喜歡撒嬌，雖然牠長這樣。』
「好有趣的狗，是沙皮狗嗎？」
『英國鬥牛犬。』他解釋，然後依舊擔心著我的包包，他問：『我幫妳拿去送洗好嗎？或者直接賠妳一個新的？』

我告訴他不用放在心上。

「反正是用髒就要丟的包包，所以才任意的放在地上。」

但他還是把包包拿到桌子上用餐巾紙擦了起來。

我的包包被書和歌譜塞得極重，這就是爲什麼我放在地上的原因，但我看他單手就輕鬆拿起，輕鬆得彷彿他只是在拿一盒面紙而已。

我又抽起了一根香菸。

『這麼說很不應該，不過我眞的希望這個包包是仿冒品。』

「嗯？」

『我房東太太也有同樣一個，不過比這個還小，就要價三萬多。』他吹了個口哨然後再一次笑了起來，依舊是靦腆的那種笑容。『不是說我對女人的包包很有研究，而且實際上正好相反，是我房東太太告訴我的，那時候她問起我畢業後一個月薪水是多少所以聊到這個，因爲很貴所以印象有夠深刻。』

不過這隻名字叫做老頭的狗還是比她的那個包包還貴，不管是身價又或者飼養所花掉的鈔票。

『這種狗需要細心照顧，否則很容易生病。』他繼續說：『剛好我是獸醫系學生，所以我的房東太太讓我照顧老頭抵房租。』他低頭告訴老頭：『謝啦、老頭，雖然我眞的常常被你氣得半死而寧願付房租。』然後他抬頭看著我：『就例如亂尿尿這件事好了，怎麼樣都訓練不來。』

我再一次告訴他不用放在心上，然後我問他：

「幾年級？」

他蹲著揉揉剛才才說常常被牠氣得半死的老頭的耳根：『喔、畢業了，今年剛退伍在台大獸醫院當菜鳥獸醫生。』

「牠很老了嗎？」

『喔、不，牠三歲半，不過看起來是夠老了。』

「牠很可愛。」

他同意，然後再一次：『或者讓我請妳喝杯咖啡好嗎？因爲實在很過意不去。』

「外加一份總匯三明治。」我告訴他：「我午餐還沒吃。」

『沒問題！』

他很快的跑開卻又很快的跑回來，緊張和期待同時存在於他臉上：

『我們可以在這裡和妳一起曬太陽嗎？牠需要多曬曬太陽。我是說如果不打擾的話……』

「不會。」

歡迎打擾，我在心底無聲的說。

望著他站在櫃檯前點餐的背影，我腦海中突然湧出片段的字句，我趕緊拿出紙筆將它寫下，而窩在腳邊的老頭則抬頭看了我一眼。我笑著告訴牠：

「當然帶給我靈感的也有可能是你不是他。」

牠無所謂這個，趴下頭又繼續睡在我鞋上，直到年輕男生帶著我的三明治和熱咖啡還有兩杯熱牛奶回到座位時，牠才又醒了過來扭著屁股拚命示好。

看著年輕男生把牛奶吹涼放到地上時，我才想起在他出現之前我本來已經決定好喝牛奶的，也好。

正好。

『老頭喜歡喝牛奶還有吃高麗菜，而且吃骨頭還會害牠拉肚子，看不出來是這麼弱不禁風的狗吧？明明長得一副吃生肉的臉。妳在寫什麼？』

「工作上的東西。」

『喔……』他一臉的失望，『我以爲妳是在寫名字和電話。』

「嗯？」

他再度臉紅了起來：

『我其實看過妳好幾次了、在這裡，每一次都想要走過來跟妳說幾句話，很想要認識妳，可是每一次都不知道該說些什麼才好，我不是很擅長這種事，我是指搭訕。而這一陣子又下了好久的雨，我很怕再也看不到妳，我——』

「我叫夏雨謙。」

他先是楞了一下，然後疑惑的抬頭看著天空。我笑了起來：

「夏雨謙，我的名字，和下雨天諧音。」

『好特別的名字。』

他說。

而當初威廷說的則是：每當下雨的時候，我就會想起妳。

Waiting雨謙，等待雨天。

過去式。

『家揚，我的名字。』在他手機響起的時候，他把握時間似的快快說：『我得回醫院了，還能再見到妳嗎？我是說如果妳願意的話。』

「每天的這時候我都會在這裡，下雨的時候則就坐裡頭靠窗的位子。」

『下雨的時候就坐裡頭靠窗的位子。』他愼重的重複，『我得承認我今天是故意走近妳旁邊，不過我發誓剛才眞的不是爲了搭訕妳而叫老頭尿在妳包包上的。否則我早就叫牠這麼做了。』

他開玩笑的說，但立刻又澄清他只是開玩笑的。

『不過還是謝啦、老頭，我找機會幫你介紹女朋友。』

我笑得差點噴出嘴裡的咖啡。

『借一下紙筆。』他拿起筆在紙上快快的寫：『我的名字和手機號碼。如果妳需要幫忙、例如提很重的包包或者寵物生病什麼的，請妳第一個想到我，因爲我會很樂意而且立刻就趕到，我們就住在這附近。』

我笑著說好：「我沒有養寵物，不過我的包包確實是很重。你力氣好大。」

『沒辦法，明明是想要醫好牠們但是狗一看到我們卻還是死命掙扎，這是被訓練出來的。』他的手機又響了起來，『好啦、這下我是眞的得走了。』

把手機按掉之後，他依舊捨不得走的說：

『還好妳每天這時候都會在這裡，否則我就只好空等電話了。』

他最後說。

當他們離開之後，我又多待了一會兒把紙上的字句完整成爲歌詞。

這首歌後來成爲熱門的男女對唱情歌，在KTV的點唱率始終第一，而家揚寫下名字和手機號碼的這張紙，則連同包包擺放在我房間裡最顯眼的位置。

這是我們相識的起點，在這轉角的咖啡店，每天我依舊來到這裡吃我的第一餐喝我的第一杯咖啡，而家揚在沒班的時候總會來到這裡點一杯熱牛奶就這麼談天說地，有時候他會帶老頭一起過來曬太陽，有時候則沒有，後者是因爲他直接從醫院過來而沒有回住處。

這是我每天最期待的一刻，有家揚在的轉角咖啡館。

我們就這麼一點一滴相互了解，慢慢慢慢地放感情，小心翼翼不躁進，不讓自己愛太快。不重蹈覆轍。

家揚開始知道我以前曾經出過專輯，而他承認他沒聽過也沒看過那兩張失敗的專輯，雖然我並不在意、但他還是立刻解釋那是因爲獸醫系功課繁重所致；他很體貼而且性格開朗，我總得經常提醒自己才能不陷得太快、太深。

有次我們聊起彼此的家庭時，我很驚訝他居然知道夏天是個大明星。

『我爸媽都是夏天的忠實歌迷，我甚至還會哼幾首夏天的歌呢，因爲小時候常常聽，不過別叫我唱、拜託，我是個音痴而且唱歌超難聽的。』笑了笑，他期待的說：『他們如果看到妳一定會很高興。』

接著我們知道原來我們算是來自於同一個城市，只不過我已經不常回去，而他則無論再忙再累都會每個月回家一次。

『不然我會想我的拉拉。』

他笑著說。

『如果我是狗的話，我應該會是拉不拉多吧。』

我問他怎麼會想當獸醫？他說那是他從小的志願。

『我現在過著我以前想要的生活。』他快樂的說：『我從小學開始就痛恨上音樂課，而大學聯考則是敗在作文，不過這樣也好，否則如果考上醫學院，我還得說服我爸媽讓我念獸醫系。』

家揚說他從小就很喜歡動物，喜歡餵流浪貓狗，也不害怕爲牠們包紮傷口。

『很多殘忍的變態以虐待動物爲樂，我是因爲這樣所以眞的希望人死後會有地獄關住這些人渣，別讓他們再回到這世界上作惡。』

儘管是肉食性動物也不會傷害別的動物只爲了娛樂。

『牠們是爲了生存，只有人才會這樣。』

不過話雖如此，對於人類他還是喜歡多過於厭惡，家揚尤其喜歡小孩。

『我希望以後可以有三個小孩，一個男孩一個女孩而另一個是男是女都可以。』

他眼底閃著亮光的描繪他想像中的未來：『兒子我可以和他一起打球和騎腳踏車，而女兒我會希望她像妳一樣漂亮又有才華。』然後他臉紅了起來：『抱歉我脫口而出，我——』

我傾身吻住他。

怎麼可能不淪陷？

那天開會時公司的人含蓄的提醒我、最近寫的歌都太甜太快樂。

『療傷的情歌畢竟還是市場主流。』

他們專業的說。

我告訴他們我儘量。

藏不住的甜，愛情裡的甜。

我哼著歌開車去上課，而車上播放的音樂是梁靜茹的新專輯《絲路》，我把專輯裡〈可惜不是你〉這首歌反覆播放、聽了又聽，試著想要找回一點悲傷的情感，好再寫幾首他們想要的療傷系情歌，可是我發現很難辦到。

愛

太

甜

◆之二 杜宇維

對於陷在愛情裡的戀人而言，分手就像是死亡：永遠都只會發生在別人身上。

我曾經想把這樣的概念寫成一首歌，我也確實把這樣的心情寫成一首歌，只不過這首歌始終沒有寫完，只差一點點就可以寫完的歌，我刻意擺著不把它完成。

寫下這首歌的這年，我應該大學畢業可是卻沒有，因爲公司的人要我延畢好拖延入伍的時間。

『國防部不差你一個去數饅頭。』他們說：『眼前一堆大牌排隊等著杜爺寫首歌好讓他們唱上排行榜，杜爺你紅得發燙也忙得搶手，你哪來的時間當兵啊？』

他們如此說道。

我不知道他們的這番道理有沒有道理，我只知道這麼一來就違背了媽媽原本對我的期待：大學畢業，退伍工作，結婚生子，然後重點：回家。媽媽原以爲我只是離家四年頂多六年，媽媽沒有想過我可能會一待就是永遠。

『你阿嬤年紀大了。』

媽媽在電話那頭低聲的說，然而最後媽媽卻還是說尊重我的決定。我不知道該怎麼決定，我左右為難，我舉棋不定，我還這麼年輕我怎麼決定得了未來的一切？一個選擇就決定一個未來，全然不同的未來。

我感覺到迷惘。我終究還是聽了公司的建議。

決定不了的選擇就交給別人來決定，當時的我是這麼想的。

而當時的寒大哥說的則是：你們都是被命運選上的人，你和夏天。

「是被命運選上還是被命運推著走？」

我反問寒大哥，我刻意忽略他說的是你和夏天而不再是夏天和你；我想不起來當時寒大哥是怎麼回答我？有沒有回答我？只記得姵姵也注意到了這改變：你和夏天。

寫下這首歌的這年姵姵和我第一次差點分手。

在同居之初總是我等姵姵回家，那是每天我最期待的一刻，有時候我睡了有時候我還沒，但無論如何當門鎖被打開的那一刻、幾乎是同時我總會聞到姵姵身上的香水味；無論是前者又或者後者、姵姵總會帶著她和她的香水味走進或鑽進我的懷裡，然後我們會聊一會天，然後我們會做愛，又或者就這麼沉靜的抱著姵姵柔軟的身體睡著。

然而後來卻慢慢的扭轉，角色易位；從有時候我們前後回家、變成後來等在家裡的人是姵姵。

姵姵不像我，睏了就先睡，無論多晚姵姵總是會坐在沙發上等我，有時候喝酒有時候沒有，有時候心情很好、有時候心情不好。

而那天是後者。

『剛剛有個女的打電話找你。』姵姵手裡拿著酒杯，話裡帶著醉意的說：『一個聲音嬌——滴滴的小女生。都什麼時間了。』

我不知道她指的是那通電話還是我回家的時間。我沒有力氣想這個，我告訴她：

「我剛從錄音室回來，好累。」

而且我也沒有像她以前總是喝得醉醺醺的讓別人送她回來。

『我眞不敢相信你居然答應他們做別人的唱片，那個噁心的女人，只會裝清純，唱歌還走音。』揮舞著酒杯，姵姵繼續：「我眞不敢相信你讓他們叫你杜爺。」

「嘴巴長在別人嘴上。」

我癱坐在沙發上，這次我聞到的不再是香水味，卻是酒味混雜著菸味。

過多的菸味和過多的酒味。

「就像是筆拿在別人手上，我也管不著他們怎麼寫妳的緋聞。」

『喔？你終於想到要問囉，還以爲你都不在乎呢。』

疲累湧上我的身體，我想睡，我說：

「我們可不可以不要談這個，我很累。」
『和阿存見面的時候，他可從來沒跟我說過他累，或許我該嫁阿存，或許我根本就不應該再等你，等你遙遙無期的婚禮！』
氣話，這只是她的氣話。我告訴自己，我得用盡所有的氣力和理智提醒自己不要被姵姵激到，我疑惑那些累過頭的人是如何還能讓自己保持好脾氣？是不是因爲他們都已經夠成熟？

「我不想跟妳吵架。」
我感覺到因爲過度疲累於是差了的口氣，我應該及時想起以前就算再累、姵姵也總是軟言軟語的撒嬌；可是我沒有，可能我的情緒也被挑起，我發現到我其實也想要吵架，吵個架。
我差了口氣的轉移話題、指著沙發：
「妳的酒灑出來了。妳實在不應該喝這麼多酒。」
『這是我的沙發你管得著？』索性把酒倒在沙發上，姵姵任性的說：『喔、我懂了，維維現在紅了搶手了，所以就管到我頭上來了。』
把姵姵正點著的香菸拿開，我繼續：
「妳也不應該抽這麼多菸、吃那麼多藥。安眠藥、減肥藥，吃藥就不要再喝酒，這點常識妳懂不懂？」

『我沒念過大學所以不懂，怎麼樣！』

「抽菸喝酒亂吃藥，這樣還敢成天說想要當媽媽！」

『反正你看來也沒打算要娶我啊。』

「我大學還沒畢業怎麼結婚！」我借他們的話說：「我現在哪來的時間結婚！」

『是啊、當然，反正不用結婚就能白睡，所以幹嘛要娶我？』

「妳不要故意惹毛別人，妳這一點眞的很糟——」

姵姵把她手中的酒杯連同話裡的憤怒砸向我身後的牆：

『大學文憑不過就是一張紙！你到底要拿這藉口拖多久！』

「結婚證書也不過是一張紙！」我把被激起的怒氣揑緊在拳頭裡：「妳不要存心挑釁，因爲這很危險，妳不懂得避開危險就算了，妳不要還自己製造危險！」

『怎麼？你想打我是不是？』

走開，我叫自己走開。我深呼吸，起身離開，我走向臥室。

而姵姵卻像是還沒吵夠似的，她在我的身後亂唱著：

『所以他們不讓我開車～～所以我的男人不娶我～～』

「妳要鬧到什麼時候！」

『杜爺杜維維～～』

我掉頭越過姵姵，踩過滿地的碎玻璃我走向大門：

「我今天睡樓上。」

『你不要忘了你是靠誰才能夠有今天的。』

「妳也不要忘了妳是靠誰才沒有過氣的。」

我把這句話連同我們的爭吵和姵姵一同摔在她和她的門內。

那一整夜我被樓下亂摔東西的聲音吵得睡不著覺，那一整個月我們冷戰誰也不見誰，在那一場冷戰裡我們誰也不記得我們還相愛。

而諷刺的是，在往後的每一天，我卻忘也忘不了我們還相愛。

在失去姵姵後的每一天。

那場冷戰的結束是因爲媽媽打來的電話。

我猜想媽媽應該是先打電話到姵姵那裡找我不到、才又打到我的公寓，因爲當我摔了電話跑下樓的時候，姵姵已經站在樓梯口，我看見她哭紅的眼睛，我停下腳步，走向她，抱緊她。

『阿嬷走了。』

姵姵幫我把這句話說出來，這句話我說不出口也不想說出口的話：阿嬷走了。

命運是由一連串的死亡所組成的。在阿嬤的守靈夜上，我是這麼感觸的。陳爸爸的死讓我們的命運連成一條直線，直得緊密相連，黏得我們喘不過氣卻無法自知；而阿嬤的死則讓我們差點就走缺了的感情，死灰復燃，重新走回彼此的身邊。

儘管，走不回最初。

最初的單純。

『以奴死的時候我曾經也想過要幫牠辦場喪禮。』

在折著紙蓮花的時候，阿姨突然的說。

『可是那太神經了、在那個年代來說，就算是這年代可能也太神經了吧。』

「以奴是條好狗。」

『牠總是把我搞得很狼狽。換算成人的年紀，以奴搞不好都比你阿嬤老了。』

「呵。」

『以奴活得也算是好命了，我相信牠活著的每一天都很快樂，我相信牠活著的每一天都知道牠是要被愛的。』

「嗯。」

『維維，答應我一件事，輪到我的時候，記得幫我把以奴的骨灰罈和我們全家人葬在一起。現在就放在我的衣櫃裡。』

我告訴阿姨我會記得這件事。

「雖然那會是很久以後的事。」

『夜還很長，你要不要喝個咖啡還是茶？我去弄。』

「蓮子湯。」

『嗯？』

「阿嬤煮的冰糖蓮子湯。」

阿嬤煮的冰糖蓮子湯，我開始說。我很愛吃阿嬤煮的冰糖蓮子湯，從小阿嬤就經常煮給我吃。

那年到台北的第一件事情，就是先找哪裡有賣冰糖蓮子湯，那年我吃遍了全台北所有的冰糖蓮子湯，怎麼也找不到阿嬤煮的那味道。

「很奇怪，明明就是這麼簡單的冰糖蓮子湯，但吃來卻硬是不一樣。」

有回在電話上我順口告訴阿嬤這件事情，那之後每次回家時、我第一眼看到的畫面就是阿嬤盛著一碗冰糖蓮子湯站在門口等著我。

冬天喝熱的，夏天吃冰的，我和阿嬤的冰糖蓮子湯。

而那次是夏天，我記得。

我比電話裡說的時間提早回家，而鍋子裡剛煮好的冰糖蓮子湯還熱著，所以阿嬤慌張的捉起皮包說要去巷口買冰塊，我告訴阿嬷沒關係，我沒有急著要吃，我比較急著要出門參加同學的婚禮。

「回家後我把這件事情完全忘在腦後，阿嬷從來沒有忘記而我卻忘在腦後……我沒有吃到阿嬷最後煮的冰糖蓮子湯，我——」

『這就是爲什麼阿嬷都要親自盛好了拿給你。』捏著我的肩膀，阿姨故作輕鬆的說，『不然你都會忘記。』

我哭著笑出來。

『我早就有心理準備了。』

沉默維持了好一會之後，阿姨才又開口說話。

阿姨說她很小的時候發過一場高燒，燒到快要四十度，那時候醫生還斷言這孩子恐怕會燒壞了腦子而他們最好要有心理準備，害得當時阿公和阿嬷擔心又自責的痛哭失聲；可是結果並沒有，結果阿姨不但沒有燒壞腦子，她還是家裡學歷最高的小孩。

『本來應該是哥哥的。』

我本來有個舅舅的，不過舅舅在他十七歲那年就過世了。說到這裡的時候，阿姨的聲音都變了。

『夢都告訴我了，我高燒時發的那場夢。』

那場夢裡有最初的一家五口以及一台車，空盪盪的大車子就停在家門口，她覺得好奇怪所以問爸爸那是誰的車？爸爸回答她可是她聽不到爸爸回答了什麼，因爲爸爸在空中飄，飄向那台車，她這才看見、怎麼哥哥什麼時候坐進了車子裡？接著是媽媽，突然老了好多的媽媽跟著也飄進車子裡——

『然後我就被搖醒餵藥，所以沒辦法知道接下來是我還是你媽媽。』

「不管接下來是誰，都會是很久以後的事情。」

『呵，這話說得好。維維？』

「嗯？」

『先把大學念完，先把你媽媽的期待達到，因爲不是所有事情，它都來得及。』

「好。」

回台北之後，我告訴公司我會繼續寫歌但暫時不再製作專輯，因爲那會影響到我念書、而我不想再延畢，他們顯然很爲難的樣子，但他們終究不敢爲難我；隔年我順利畢業，在等待入伍通知寄到的那一陣子，我都待在家裡陪著媽媽過日子、同時繼續寫著歌；我很高興媽媽說她考上了夜間部、過了這個夏天她要重新當高中生。

『其實也有考上日校，只是我不想一直跟同學解釋我不是老師是學生。』

我們笑了起來。

那年夏天我上成功嶺。

懇親會那天姵姵開車載著媽媽和阿姨來看我，而我當時臉上的表情讓她們笑了起來、笑了好久，她們笑著說眞該拍張照。

『沒辦法，我們三個人就只有姵姵會開車。』

媽媽說，而阿姨則是想要我安心：

『姵姵開車沒有你們想的那麼危險，她是個很小心的駕駛。』

那是因爲在車上的是妳們。我心想。

「她撞壞過車庫、不止一個車庫，還有她不止一次錯把刹車當油門——」

『好啦走吧，姵姵還在車上等你呢。』

「我們要她別下車，否則懇親會可要變成勞軍大會了。」

我們一行四人找了個隱密的餐廳吃飯，我注意到從頭到尾姵姵都沒有抽菸，或許是顧慮媽媽在場吧？我在心底甜甜的想。我想起以前陳媽媽來到台北探她時，她會毫不在乎的在陳媽媽面前抽菸，當陳媽媽傷心的說她懷姵姵時連口茶都不敢喝、連滴醬油都不敢吃時，姵姵惱羞成怒的使了頓性子，後來還是陳媽媽哄她、她才消了氣。

我試著回想上次我們這樣一起坐著吃飯是多久以前的事了？想不起來，只確定那時候姵姵搞不好還不會抽菸，而阿存應該也在，那時候我們都只是孩子，那時候遠得已經像是上輩子的事情。

遠得像是別人的回憶了。

之後我抽到高雄的單位，第一次休假之前，姵姵在電話裡開心的宣佈：

『我已經叫公司那幾天不要給我排工作，我打算在高雄訂個旅館度小假。嘿！我們交往到現在，居然還沒有一起旅行過耶。』

「那是因爲夏天不管到哪都會引起騷動哪。」

『好吧，看來我們還是只能關在房間裡、三餐都叫room service了，聽來不錯吧？』

我同意這很棒，可是我第一次休假想要先回家看媽媽，畢竟現在只剩她一個人在家了，我說。然後趕在姵姵生氣之前又說：

「或許我們可以一起回老家，總得有一次我們不是因爲喪禮才一起回家吧。」

『嘩！那也很棒！我怎麼都沒想到！』姵姵在電話那頭計劃了起來：『我可以叫雅筑帶媽媽也回家，爸爸過世之後、媽媽就一直被她獨佔著帶孫子。』

當時我不曉得姵姵會錯意了。

姵姵原以爲我指的是提親。

當她發現這眞的只是單純的放假回家時，她落空的期待轉化成爲巨大的失望。

那天很晚的時候她還跑來我家找我，姵姵跑來找我卻一句話也不說，她就是坐在我的書桌前面拿著筆的寫啊寫，直到我終於放棄問她到底在寫什麼的時候，她才把那張修修改改、終於重新謄過的紙遞來給我。

『這份聲明稿你看如何？有沒有哪裡需要修改？』

聲明稿上寫著我們即將結婚的訊息，我們會先登記，然後等我退伍才補辦婚宴，盛大的婚宴。才子佳人，我注意到姵姵把這四個字標粗。

又來了。

我臉上一定也露出了這個表情。我試著把不耐煩從語氣裡剔除：

「我說過幾次了、姵姵，我現在還在當兵——」

『我現在還在念書！我現在還在當兵！你他媽的到底要我等到什麼時候！』

「我媽就在樓下睡覺，妳說話可不可以放尊重一點！」

『天啊杜宇維！我在你心中到底還算是個什麼？』

姵姵歇斯底里的說，然後開始哭了起來。我覺得好煩，我不明白她爲什麼這麼想結婚、這麼急著結婚，難道那就是我們兩個人交往的唯一重點？我不明白我們還得爲這個老問題爭吵多久。

他媽的！

『不要在我面前抽菸！』
抬起頭，姵姵找碴似的說。
然後我的脾氣也衝上來了：
「這是我的房間，這裡是我家，我愛在哪裡抽菸就在哪裡抽！妳不高興可以回去。」
『你再用這種口氣跟我說話試看看！』
接著、果真，姵姵又再一次拿阿存激我：
『如果是阿存的話，我連一分鐘都不用等！』
「對，而且妳還可以住進妳從小就想住的城堡裡，當個妳從小就想當的公主。」
我知道不應該這麼說但我就是忍不住，我眞的受夠了這個吵架模式，我眞的受夠了姵姵老是拿阿存威脅我，我尤其受夠了她明知道阿存愛她、追她，卻還是不避諱的和他見面、給他機會。
『我怎麼會讓自己淪落到這個地步？』姵姵抹掉眼淚說，『夏天有那麼犯賤嗎？別人求著要給的她不要，偏偏求著不給的。』
「那或許妳是該嫁給阿存沒錯，如果妳想要的只是結婚而且是立刻就結婚。」我脫口而出。
『杜宇維！』

「妳不要在我家摔東西！我眞的受夠妳一不高興就亂摔東西！爲什麼每件事情都要聽妳的決定？」

瞅著我，姵姵一語不發的把她手中的咖啡杯放下，然後起身，離開。

而這一次，她走出的不只是我的視線、我的房間甚至是我們重複又重複的爭吵，這一次她走出了我的生命。

在那次爭吵不久之後，我從報紙上讀到姵姵曾經拿給我看的那紙聲明稿，只不過才子改成富商，而婚禮依舊盛大，甚至不必等待。在新聞的最末記者還特地寫明兩個人是青梅竹馬的戀人，這可不只是老掉牙的女星嫁富商。我發現我很想打電話問寒大哥這是不是他要記者補上的？我還想打電話告訴姵姵、這份聲明稿要修改的地方很多，我——

姵姵沒接我電話，姵姵的電話響了很久，久得足以說明一切，也，久得足以把我割成片片。

「不要鬧了！」

捉著公用電話，我吼了起來，一次一次，徒勞無功的吼：不要鬧了。

我打電話請寒大哥幫我轉告姵姵，寒大哥說他會。

『但我不保證她會聽，實際上夏天最近也不怎麼接我的電話，她看來是失控了，我想她是豁出去了。』

不要鬧了。

我也請阿姨幫我勸勸姵姵，因爲姵姵一向就聽阿姨的話。

『來不及了、維維。』阿姨在電話那頭嘆息，『我已經收到他們送來的喜帖了。你和姵姵怎麼了？』

你和姵姵怎麼了？這句話在許多年之後，阿姨將會再一次問起我。

面對面。

我感覺自己好像走了一趟地獄，還回不來。

他們的婚禮在冬天舉行，同時夏天宣佈：她要急流勇退；隔年春天，雨謙誕生。

雨謙的出生把我從崩潰邊緣拉回到了現實。

原來傳聞是眞的，原來信任是傻的，原來，我早已經被背叛。

我重新振作了起來，在退伍之後，我重回唱片圈。

第五章

終點是愛情。

◆之一

夏雨謙

『妳的廚房這麼大，空著不用實在很浪費。』

當家揚待在我這裡的時間開始多過於他的住處時，有天他這麼告訴我。

此時我已經用化妝棉沾去光水擦拭完指甲上斑駁的黑，正在用棉花棒清除指縫間殘留的黑色指甲油的這最後動作。

我習慣在開始製作一張專輯時給自己搽上黑色指甲油，我相信黑色能帶給我創作的力量；最後當專輯完成時再卸掉指甲上通常早已經掉色嚴重的黑色指甲油，而這會讓我感覺到成就十足；等到專輯發行的前一天，我會給自己搽上紅色指甲油以祈求好運。這是我自己不為人知的小習慣、或者也可以說是小信仰，而唯一知道此事的家揚，則總說我未免迷信。

『專輯完成不是因為妳手指上的黑，而是妳很努力，專輯成功也不是因為妳手指上的紅，而是因為妳才華洋溢。』

家揚說。

家揚總說他從骨子裡就是個理科人，如果他去看手相——假設他相信那回事、而且也肯去看手相的話——八成會被說他有雙重理智線。

『所以我們在一起既互補又均衡，簡直就絕配！』

我很喜歡他的這個說法。

我告訴家揚：

「反正我也不下廚，頂多就是燒個熱開水煮泡麵而已。」我告訴他：「樓下就是便利商店，那裡也提供熱開水，只不過捧著滾燙的泡麵爬上三樓顯然不是個好主意。」

而且自從家揚把他的電磁爐帶過來之後，我甚至就再也沒走進廚房過。

『泡麵。』家揚以一種彷彿國小老師捉住學生話柄的口吻重複這兩個字，『泡麵、便當、三明治，妳每天就只吃這些營養怎麼夠？』

「比起營養、我更喜歡的是方便。」接著我糾正他：「嚴格說來我又不是每天只吃這三種東西，我們約會的時候——」

『我們約會的時候吃的可不是這些，我知道。』他笑著說：『看來我們得更常約會才行，但總沒辦法是每天。』

「但總沒辦法是每天。」我同意。

我的工作時間不固定，而家揚在獸醫院的工作時間雖然是固定，但工作時間又長又繁重；儘管如此，我們依舊會每天見上一面，有時候在眞的沒有辦法的情形下，我們花在去見彼此的車程時間甚至比實際見面還要久，而這實在很傻，可是我們依舊覺得很值得。

還甘之如飴。

把最後一根棉花棒丟進垃圾桶裡，我說：

「你曉得梁靜茹的這張新專輯《親親》嗎？」

家揚搖搖頭，好個不意外。他可以立刻說出每種狗的標準體重值以及諸如此類、所有相關的一切，但流行音樂可就不在他的腦容量裡了，甚至我懷疑他知道的最新流行歌手搞不好還是王菲，我指的是還是王靖雯時期的王菲。

我繼續說：

「甜蜜的情歌也可以是主打歌啊，甜蜜的情歌也可以叫好又叫座啊。爲什麼非得把愛情唱得那麼悲傷呢？」

『可惜我不是老闆，否則我絕對支持妳。』

家揚笑著說，然後把話題又帶回了方才：

『如果我們把廚房整理一下，然後擺上廚具的話，那我就可以給妳做晚餐了，當然不太可能是每天，不過如果妳抽不出時間回來，我還可以給妳送便當，雖然只是家常菜，但總是新鮮又營養的愛心便當，怎麼都好過你們錄音室訂的過油過膩還過鹹外食便當。妳曉得，便當業者只管好不好吃、可從來不管健不健康。』

這會兒我總算完全被他的話給吸引了注意力。我驚訝的看著他，問：

「你會做菜？」

『妳這個表情眞傷人。』家揚得意的抗議，『我不但會做菜而且還燒得一手好菜。如果不是因爲太喜歡當獸醫生的話，我搞不好就會選擇當廚師。』

「哇。」

因爲自己本身很喜歡研究吃，所以從小就跟著媽媽在廚房裡學做菜。家揚解釋。學生時代當男同學都在忙著聯誼追女生，他反而比較喜歡待在廚房裡照著食譜試料理。

『我覺得學會做新料理很有成就感，不過我媽的說法則是我很實在。無論如何我從以前就很喜歡做菜。』

「或者當無照獸醫師給流浪狗治病。」

『是的，這就是我全部的青春歲月：讀書、做菜和醫狗。喔、還有，打籃球的話例外，如果同學是約我打籃球的話我就會去，不過籃球場上通常沒什麼女生，就算有的話，她們也只會注意最酷最帥的那個。』

而當時的家揚在學時的女生看來則是個個書呆子而且還被動得很，如果他最好的朋友是班上最帥的那個男生，搞不好他就會是每天幫忙遞情書的男配角，不過這事從來沒有發生過，他最好的朋友和他一樣喜歡讀書。

『他才是百分百的書呆子，嗜好是把參考書讀透，他覺得這樣很有成就感。所以學生時期我們在女生方面很吃不開，畢竟那年紀的女生是比較喜歡有點壞壞的男生。』

「但到了這年紀反倒成了搶手的結婚對象？」

『我真喜歡妳這句話，再說一次給我聽好不好？』

我又說了一次。

『順道一提，我也很會修電器和漏水，我媽說小時候只要有工人到家裡修東西都會讓我看得目不轉睛。我沒有很喜歡看電視但我很喜歡看人工作修東西。所以呢？』

「所以什麼？」

『所以我們把廚房整修一下，還給它廚房該有的樣子如何？』

「我不曉得耶。」

我把寒大哥當初告訴我關於這層公寓的那番話轉述於家揚。

「不曉得什麼時候得搬走的地方，所以一直就只把它當成個住的地方而懶得去更動。」

『就算只是個住的地方也可以有家的感覺啊。』

「家的感覺。」

『怎麼了嗎？』

「沒有，我只是……」

我只是突然想起，我已經好久沒有過家的感覺了。

「我和媽媽在旅館住了三年，自己在英國住了三年，回台灣後，一個人到現在……不曉得，算一算也超過小時候住在家裡的時間了。可是就算是住在家裡的時候，家的感覺？我不知道。」

『嘿，過來。』

家揚張開雙臂，而我，走進他的懷裡。

『我會讓妳知道，妳很快就會知道。』

家的感覺。

一點一滴，家揚開始讓這個地方有了家的感覺，讓這個我和媽媽前後都也沒有當過家的公寓開始有了家的樣子。

飄有家常菜香的老公寓，擺有家電用品的老公寓，以及在我的生命中數不清已經多久沒有過的家常話語，還有：展示間。

是的，展示間。

這天回家時我才一打開大門，家揚就三步併兩步的迎向我，一手接過我大又重的肩背包，一手拉著戴有我們情人對戒的左手。家揚的那枚戒指他當成墜子掛在頸間，因爲他說進手術間還要拿下來很不方便，而且怕會不見。

家揚迫不及待的說：

『本來我是想邀妳一起整理，但我想妳最近應該沒空。』

把我手上的黑色指甲油拉到眼前、他說。

我立刻聯想到即將過年的這件事情，我斬釘截鐵的說：

「如果是大掃除的話，我有清潔公司的電話。」我保證：「我明天就會打電話去預約時間。」

『妳決定就好。』

他牽著我走向閒置許久的那兩個空房間，一邊說：

『本來是想擺在右邊的房間，因爲窗戶就對著大街，但考慮到它採光和通風都比較好，所以還是留著當妳的工作室比較恰當，這樣妳就不必每天揹著大包包走到轉角的咖啡店寫東西了。』

我想告訴家揚、我就是習慣待在那裡寫東西，然而話還沒來得及說出口，我就被眼前的景色怔住。

或者應該說是：感動住。

我看到原本堆放著媽媽遺物的左邊房間已經煥然一新：牆壁重新漆過，而老舊的日光燈也換成了一只簡單卻時尚的水晶燈；原先擺放的紙箱已經完全不見，而紙箱內的遺物則分門別類的擺放妥當，宛如一個展示間，大明星夏天的展示間。

我感動得說不出話來。

我曾經提過想要這麼做，當我們一起把紙箱從廚房挪到這房間的那天，只是順口一提的話語、說完連自己都立刻忘記的那種順口一提；我沒想到家揚聽了進去、放在心底，還實際行動，用心擺設。

這是我這輩子最感動的一刻，再多的榮耀、再貴重的禮物都比不上，這一刻。

『洗衣店明天會過來把這些秀服收去送洗，鞋子是個大問題，因爲實在太多了但空間卻不夠，因此除了把它們掛在牆上之外、我實在想不出其他辦法。』

「這樣很棒，很好看。」

『謝啦。』家揚繼續說：『我丟了一些東西、因爲實在太多了，不過妳放心，都是些重複的化妝品和保養品還有過期的帳單之類的，剩下的都擺在化妝台上，儘管已經丟了大半、不過還是都擺滿了。順道一提、我真的是大開眼界啊。』

「呵。」

『歌迷的信全收在抽屜裡，禮物則先堆在妳CD牆的旁邊，因爲我還沒找到地方擺放，這是在暗示妳可以讓我轉送一些給我爸媽嗎？他們一定興奮死了。夏天的私人物品耶！』

我笑著說好。

『然後是這個。』家揚拿起一本厚重的剪貼簿：『有夠完整，從夏天出道開始的每一則新聞都保留了下來，而且還標上日期，字還滿漂亮的。雖然沒有全部看完、不過幾乎每天都有妳媽媽的新聞、當時。會這麼用心收集夏天新聞剪報的人一定是個超級粉絲吧。』

也可能是寒大哥。我心想，但我實際說出口的是：

「就當成你的書房吧，我還是習慣在轉角的咖啡店寫詞。」

『妳的意思是？』

「反正你也不常待在那裡了，這樣兩邊跑反而更麻煩。」

家揚看著我，然後抱住我，家揚笑著說：

『看來老頭要想我了。』

最喜歡的時光。

以前我們還沒正式住在一起時，每天我總是從家揚打來的電話裡醒來，那一刻我總會迷迷糊糊的回想前一晚家揚是在這裡過夜還是在他的租屋處？有時候我會開口問他有時候不會。

『我眞想親眼看到妳剛睡醒的樣子，迷迷糊糊的一定很可愛，可愛到我搞不好會忍不住咬妳一口，只可惜交往至今我都還沒看過。』

有回家揚在電話那頭如此說道，而我則告訴他假如有天他也睡得和我一樣晚就能看到啦，而且我敢打賭他首先會注意到的不是我剛睡醒的迷糊、卻是眼屎和酸臭的口水還有T字部位的油光。

『眞不願意相信這番話是從情歌大師的嘴裡聽到的。』

有時候我們會這麼鬥嘴、有時候則只是簡短的打電話叫我起床，端看家揚的看診量；但無論如何在掛上電話互道再見的前一句總會是：

『別再賴床了，我們該一起吃午餐了。』

一起吃各自的午餐。

以前我起床的第一件事情是抽菸然後找錶看時間，然而和家揚交往之後，我不在他面前抽菸也儘量不在公寓抽菸；我知道家揚很希望我乾脆直接戒菸，但他也知道這對我而言幾乎是不太可能，至少目前我是還沒有這個打算。

於是我變成把每天的第一根香菸保留到轉角的咖啡店。在點起我的第一根菸以及等候餐點送來的同時，望著桌上攤開來的白紙，我會感覺到一陣焦慮、甚至是沒道理的生氣，接著幾乎是無意識地、我拿起來，就這麼讓眼前無形的一字一句經過腦子和手、填滿眼前這空白的紙；狀況好的時候我總得提醒自己起碼在咖啡變涼之前喝它一口、或者是察覺到胃痛了起來才想到咬口三明治，而況狀差時我則索性看看紙上斷掉的字句或者看看街上往來的路人、就這麼優閒的享用我的第一餐。或者該反過來說才正確？我想像如果告訴家揚、他一定會這麼說吧。

那是我一天之中最喜歡的時光。

同居之後不變的是家揚依舊每天中午休診時打電話叫我起床，改變的是我不必再回想昨天晚上我們是否一起度過，我很喜歡這種安心的美好，平淡卻安穩的美好。

跨〇七年的倒數我們窩在家裡看著影集度過，我們都已經過了外出人擠人湊熱鬧的年紀，而且家揚說他一直很想把NCIS上一季漏看的集數一口氣補回來；犯罪推理影集、這NCIS，我笑他白天拯救動物而晚上卻搖身一變、熱衷每一集開頭都有不同方式發現屍體和死法的影集。

「這眞是夠矛盾。」

『也可以說是完美的均衡。』

家揚說，接著他聚精會神直到四十五分鐘之後，他伸了個懶腰、轉了轉脖子，他問我：

『妳這個過年有什麼計畫了嗎？』

「工作。」

『拜託告訴我妳是開玩笑的。』

我笑了出來。

『妳今年不出國了嗎？』

「每年過年都出國也煩了，今年突然想看看冷清清的台北是什麼樣子。」

『這樣吧！妳想不想看看陳家的過年是什麼樣子？』家揚語氣故作誇張的說：『這可是我們台灣平凡老百姓的傳統過年喔！』

我笑著看他。

『好啦說眞的，我爸媽眞的眞的很想認識妳耶。』

「因爲是夏天的女兒嗎？」

『因爲是我深愛的女孩。』

我笑著吻上他。

心都滿了。

很一般的過年，甚至可以說是無聊。在回家揚老家的車上，他告訴我。除夕的前一天他們三個小孩前後回家、幫忙大掃除，而今年他是託了我的福可以免去這任務。圍爐時候全家人坐在餐桌旁吃著說著笑著：抱怨塞車、工作很累之類的，接著他們會交換親戚們的八卦。

初一一早他們全家人連同拉拉會上廟裡拜拜，這時候陳媽媽通常會爲每個人安太歲以及點光明燈。

『所以我媽可能會在圍爐餐桌上就先問妳生肖，這樣隔天一早她才知道要不要幫妳安太歲什麼的。』

家揚說。

這點家揚很不以爲然，迷信而且毫無科學根據，骨子裡的科學人，是這回事，他說。

『不過沒辦法，媽媽最大，哈。』

初二他們總是會和媽媽一起回外婆家，不是初二就是初三，看交通狀況、或者家族朋友的拜訪約定。

『不過今年可以例外，因爲我妹可能會去她男朋友家預習回娘家這回事，而我呢，則可以陪妳回來看看台北冷清的一面，這樣是不是很兩全其美呢？』

「你說了算。」

這個年改變了我們之間的什麼，我心想。這個年加速了我們之間的關係。

在回台北的車上，我告訴家揚：

「我第一次這樣子過年，和這麼多人坐在餐桌旁邊，感覺自己是個家人，眞的感覺到自己是這個家的一分子，而不是一個人躲著什麼的飛到國外去。原來過年的意義是這樣，原來我也可以這樣子過年。」

『我本來還很擔心妳會嫌棄。』家揚鬆了口氣似的說，『剛認識妳的時候我很羨慕妳，這麼特別的出身，擁有這麼特別的才華，過著這麼特別的人生。可是後來，嗯……該怎麼說？心疼？』

「呵。」

像是脫口而出，也像是終於決定說出，握著方向盤、直視著前方，家揚說：

『或許我們該把公寓買下來。』

「嗯？」

『這個念頭已經在我心底很久了、其實。』

我們該有個自己的家。

家揚說。雖然我們其實已經擁有這個像個家的公寓，可是法律上我們還是不算擁有它，我們無法住得踏實，所以我們只能有限的更動，而我們眞的應該踏實的擁有它了，家。

我們自己的家，我們眞正擁有的家。

『我覺得時候到了。』家揚繼續說著：『房子要登記在妳名字下面，這點我很堅持，可是我要一起分擔費用，而這點我更是堅持，不要問我爲什麼，因爲我也不會解釋，我——』

「我會打電話問老闆。」

我笑著說。

我已經很久沒有看到家揚這麼緊張的模樣，上一次是什麼時候？我們初遇見的那天？

「我是說如果你指的是我們現在住的這公寓。」

『當然我們也可以找新的公寓買下來，畢竟它是眞的很老舊了又沒有附停車位，不過我們都已經住得很習慣而且離我們工作的地方又都很近。還是妳覺得——』

「你決定就好。只要是能和你待在一起的地方就好。」

『我告訴過妳嗎？我眞喜歡妳說我們的語氣，我幾乎覺得驕傲。』

而我也是啊……

『妳要猜我現在腦子裡想的是什麼嗎？』

「什麼？」

家揚語氣激動的說：

『我想立刻就把房子買下來！而且我想立刻就結婚！我們立刻就開車去結婚！』

「過年期間恐怕相關單位都沒上班吧。」

『喔、天啊！我眞的很激動。如果不是唱歌太難聽的話，我現在一定立刻開口大唱。我總是搞不懂爲什麼人在高興的時候會不由自主哼歌或者吹口哨，但我現在眞想開口對妳唱情歌，拜託妳拒絕我好嗎？』

我笑著拒絕他。

『這樣的求婚眞的是不浪漫，沒有燭光晚餐，沒有單膝下跪，也沒有一顆又閃又亮的大鑽石，更別提我們現在還塞在高速公路上。』

「幸虧不是那樣，因爲我其實對浪漫過敏。」我告訴家揚：「但我就是喜歡你的務實。」

『我喜歡妳喜歡我不夠浪漫，我喜歡妳喜歡我的務實。我想我這個人發生過最浪漫的事就是對妳一見鍾情了，我這輩子永遠忘不了那天——』

「老頭抬腿撒尿在我包包上的那天。」

『對。』還有：『狗是懂得回報的，這點我們眞的得相信。』

我又笑了起來，我還喜歡的是，和家揚在一起總是笑著的我自己。

『嘿！妳曉得嗎？我知道這一天遲早會來，說出來妳不要笑我，可是每次我看著妳的時候，我眞的眞的能夠看見未來，看見我們未來的畫面，活靈活現的就在我眼前、妳臉上，我們的未來。』

可是我沒想到它這麼快就來，而且這麼順利。

家揚最後說。

可是那一天並沒有來，只差了一步就能夠完整的結果，結果我們就是走不到那一步；當時的我們誰也不會相信的結果，結果往後的我們，卻只得相信。

多無奈。

多傷。

傷。

會讓人心傷的從來就不是愛情，是現實。

◆之二
杜宇維

發了一場惡夢驚醒過來。

與其說是我發了場惡夢、倒不如說是我置身於夢裡看著夢的畫面更來得貼近。

嚴格說起來是兩場惡夢才對，只不過第一場夢境的內容已經被第二場所掩蓋完全，明明第一次驚醒過來的時候我還記得一清二楚的。

這天晚上我一直胃痛。

當他們去幫我買胃藥回錄音室時，我還有點力氣開玩笑爲什麼所有人只有我胃痛？明明這一整天下來我們吃的喝的完全都一樣不是嗎？

『不，杜爺你多吃了一顆糖。她在趕通告離開前拿了顆日本花糖給你吃。』助理告訴我，然後開玩笑：『還特地告訴你那是她媽媽最喜歡吃的花糖，我想她是特地打聽過杜爺很孝順，這點非常用心，可以考慮交往。』

她是我們正在趕製專輯的女歌手，發過兩張唱片，累積了一定程度的名氣，但還不夠稱得上一線女歌手；感覺像是剛畢業的高中校花，來到演藝圈這所大學時，才逐漸明白對手太多而自己還需要些什麼補強。在這圈子待得夠久之後，我才慢慢明白：很少人能像夏天那樣，幾乎無須改變，只要原本呈現。

天生的巨星。

雖然不會擁有夏天的走紅程度，但無論如何這女孩是明日之星一個，我是這麼看好她的，而寒大哥他們也是，否則他們也不會把她的第三張專輯指定要我操刀，還願意等到我挪出時間。

我們後來聯手打造出好多當紅的女歌星，不過卻從來沒有一個人能夠走到夏天那樣的高度、成爲那樣的一代巨星；我們後來學會把這點當成事實接受。

用這樣子的態度面對人生，有的時候確實是會讓自己好過一點。

「她只是請我吃顆糖而已，你不要把人家說成心機重的桃花女。」

『我明明什麼都沒說。』

「但你卻什麼都說了。」

『哈，反正杜爺最近記得穿帥一點，我有預感你最近又要因爲緋聞上報。』

「無聊。」

我拿起水杯把胃藥送入喉嚨、作爲這段對話結束的表示。

這段對話是結束了沒錯，可是這胃痛卻還沒，有夠難纏的胃痛。

接近九點的時候他們提議要我趕在診所關門之前去看個醫生比較好。

『否則就要上醫院掛急診了，那更麻煩。』

『要不要陪你去看病啊老大？』

「不用了，今天就先到這裡好了。」

我不甘願的宣佈。

還差一點就能完成這專輯了——起碼在天亮之前是絕對可以的沒問題。我是眞的很想要硬撐下去、一氣呵成的，可是沒辦法，我的胃告訴我、它老子現在才是老大。

在離開之前我又吞了一包胃藥，然後直接走路回家。我討厭看病，我討厭那裡的味道，醫院、診所甚至是藥房的味道，都討厭。令人沮喪的味道。

一覺治百病，我這麼告訴自己。

果眞爬到四樓的時候我就感覺到體力透支，全身上下好像只剩下那枚不配合的胃還醒著，不過無論如何我還是硬撐著去刷了牙之後才把自己摔到床上睡去。感謝老媽從小就給我養成的好習慣：無論多累都得刷過牙才能睡。

奇怪姵姵以前爲什麼連妝也不卸就這麼直接睡也依舊能夠好皮膚還不蛀牙？奇怪我今天爲什麼一直想起她？

這是我墜入夢鄉之前的最後一個念頭。接著我發了場惡夢，不是那種電梯直墜的典型惡夢，卻是壓迫感十足的惡夢，在夢裡也能清楚明白這只是一場夢的那種惡夢。

驚醒過來時夢境還在我的腦子裡繞跑，而牆上的時鐘顯示著十二點過半，我在床邊摸索著什麼才想起忘了把胃藥帶回來。該死！我詛咒了一句，我想要起身去洗個澡，然後到錄音室給自己再吞包胃藥，然後再自己獨自把專輯收尾完成。

可是接著下一秒我卻又昏睡了過去。

當下我並不曉得陳媽媽只剩下三個小時的生命。沒有人會曉得，連陳媽媽自己也是。

第二場惡夢。

夢的內容並不能稱之爲惡夢，完全是夢的本身所帶給我的感覺讓我稱它爲惡夢；彷彿buffet似的惡夢，所有人都到齊了。

夢裡的我們是最後見面時的模樣，夢的場景是在老家，夢的開頭是我正走下樓，然後阿姨跟我借車說她有急事要去台北。

「可是妳又不會開車。」

在夢裡我彷彿是個唯一清醒的局外人，我清楚指出這一點，可是阿姨面無表情沒理我，面無表情的阿姨讓我感覺到害怕，我害怕是不是有什麼壞事發生了而她瞞著我？

接著場景再換。

在家門口我的高中同學都到了，我們看似在烤肉、但其實只是坐在那裡、聚在一起而已。夢境特寫著胡永成，也就是我去參加他婚禮的那個，也就是因此錯過阿嬤最後一碗冰糖蓮子湯的那個；夢裡胡永成正和他女兒玩耍，這點倒是和事實一致，他的女兒算來已經三歲了。在夢裡我感覺到自己依舊緊抱著現實檢視這一切。在夢裡我甚至還理智的疑惑為什麼我突然夢見他？

接著我們都餓了我們要去吃點東西，然後場景再換，而他們全都不見。

取而代之的是我們坐在車裡而姵姵拿著車鑰匙正準備開車，此時現實感才完全消失，因為我既沒有質疑我們為什麼還在一起，也沒有驚訝以奴的出現，甚至我還具體並且真實的感覺到以奴擠在我腳前的圓滾身軀和溫熱體溫；我們三個坐車前，而後座是我們家人，所有人都到齊了，可是大家卻都面無表情。

只除了姵姵。

她看起來好像是在生氣，然後接著我才明白她是在哭泣，夢是無聲的而且我們一語不發，可是我卻能清楚聽到她說：電話。

「什麼？」

你不接我電話。

電話？

我倏地驚醒，像是被人給推了一把似的倏然驚醒，坐直在床上望著屋子裡的漆黑，一時半刻之間還弄不清楚這是夢還是眞？

很奇怪的感覺，明明在夢裡我完全明白那只是場夢，然而驚醒過來之後卻反而困惑、是不是獨自在夜半的黑暗房子裡驚醒過來的此時此刻其實才是夢？最奇怪的是、我居然希望是後者。

搞不懂。

然而電話確實是響了、在那當下，雅筑從醫院打給姵姵的電話在夏家響起。陳媽媽過世了。

『也算是解脫，她晚年胃一直出問題，好折騰。』

隔天下午媽媽打來電話告訴我這個消息。

好難過，媽媽說。雖然後來幾乎沒有再往來，但畢竟是熟識了幾十年的老鄰居了……

『是個好人，好女人。你小的時候她眞喜歡抱著你散步，可能是遺憾自己沒能生個兒子吧。』媽媽感傷的回憶，然後溫呑的問我：『陳媽媽的喪禮你要來嗎？』

「不曉得，我最近工作忙……」

『沒關係。』

沒關係，我懂，我們都懂，都會懂。我想媽媽的意思是這個。而至於阿姨說的則是：希望輪到我的時候你們都能來。

從喪禮回台北之後，阿姨約了我吃飯。阿姨看起來很憔悴的樣子，我忍不住擔心的問：

「阿姨妳還好吧？」

『我沒事，如果你擔心的是這個。我想我應該可以活到老太婆的年紀。』阿姨勉強的笑了笑，不過卻不太成功，『只是太傷心了而已，畢竟是認識了一輩子的老鄰居……』

——我要活很久，變成騷包的老太婆。

我突然分心想到姵姵曾經說過的這句話，以及她當時的表情和她身上的香水味，還有當時我們肩並肩坐在車後座，車上約會，我們那時候是這麼說的嗎？

我搖搖頭要自己別再想，別再回想，也別懷念。不想再傷心了，我這樣告訴自己。

我聽著阿姨繼續說：

『喪禮辦得很好，很低調很溫馨，很適合她，簡直教人忍不住懷疑這是不是她自己規劃的喪禮、否則怎麼會完全展現完全符合她在每個人心底的模樣。』

大家都到了，阿姨說。老鄰居、老朋友還有孩子們。

結束之後他們還一起去喝咖啡聊往事，感覺反而比較像是聚會，是氣氛那麼好的敘舊餐會，聊著陳媽媽的人有多好、說著現在每個人過得怎樣，每隔三句話左右的時間雅筑就得跑到兒童遊戲區看看她的三個孩子們有沒有搗蛋。

『很皮的小孩，跟他們的阿姨比較像，呵。』

「雅筑好嗎？」

『她很好。』筆直的凝視著我，阿姨說：『然後我突然感傷的發現，現在的我們，好像只剩下這種場合才會見面，只能用這種方式見面。而這真的是很奇怪不是嗎？曾經是那麼要好的兩家人。』

「……」

『每個人都到了。』

阿姨又重複了一次。雅筑一家人，還有姵姵一家人，曾經她看著長大的孩子，現在都已經擁有自己的小孩了。

『雨謙長得活脫脫就是姵姵小時候的模樣，沒帶照片去比對真可惜，真的完全一模一樣。』

我逼自己往下聽。

『好漂亮的小女孩，不過倒是比小時候的姵姵乖巧好多，難以想像大人們在聊天的時候，她就是安安靜靜的坐在媽媽身邊，不吵不鬧好懂事，真教人打從心底疼愛。』

寒大哥也見過雨謙幾次，我心想。他們依舊保持著密切的聯絡，都是姵姵主動邀約的多，剛開始的時候寒大哥還以爲姵姵是有意想要復出，可是後來才漸漸明白姵姵只是單純的約他見面吃飯而已。突然閒了下來，可能還沒辦法適應吧。寒大哥說。

寒大哥至多只說到這裡，他從不深談他們聊天的內容，也不會描述雨謙的模樣或者是他們的互動，可能寒大哥是等著我問他才敢說，但無論如何我沒問，而且也很感謝寒大哥沒有再往下說。

這就是朋友和親人最大的不同：親人會告訴你所有他們覺得你應該知道的，而朋友則只說你想知道的。

『姵姵代我問候你。』

回過神來，我聽見阿姨這麼說。

『她本來以爲你會去的，她是眞的希望你會去。』

「去看她炫耀他們過得多幸福嗎？」

我衝口而出，而話裡的敵意則濃得連我自己都驚訝。

『不是那樣。』

別過臉，我說：

「我不曉得，我就是不曉得該怎麼再面對她，我不覺得我應該再看到她，我甚至搞不懂她爲什麼覺得我們可以再見面。」我據實以告：「而且我發現，恨她比愛她要簡單多了。」

都那麼多年了。

我以爲阿姨接著是會這麼說，但結果並不是，結果阿姨說的是：

『你們的緣分太深了，太深而且未了，不是只有我這麼覺得。』

是緣分太深還是我們的人生重疊太多？我忍不住的想。

儘管我已經盡可能把我們的人生劃成兩條不再相干的平行線：當旁人聊起夏天時我就走開，當場合會有夏天出席時我就不去。但我依舊無法不去知道夏天的近況：經過時剛好聽到別人的交談，閱讀報紙時她的新聞就這麼不請自來跳進眼底。儘管已經退出演藝圈，但依舊是人們話題中心的夏天。

我們的人生重疊太多，我們的家人、我們的朋友、我們的事業……斷也斷不了。

婚後的夏天依舊活躍於社交圈，絕大多數的人都和寒大哥一樣，認爲夏天並未忘情她至今依舊無人可取代的演藝事業，並且隨時準備復出；而少數的人（包括我）則眼紅的認爲她只是想要炫耀她的幸福婚姻罷了，她的有錢老公又如何如何寵愛她以奢華——諸如此類。

然而漸漸地，姵姵不再那麼頻繁出現於社交派對，並且漸漸地，開始有人繪聲繪影說道看見夏天戴著大墨鏡獨自逛街而且還不是大白天，也有人指證歷歷在醫院撞見夏天正讓護士包紮著傷口——儘管帽簷壓低，但依舊一眼就能認出她是夏天。

當他們談論這段婚姻開始從：『眞羨慕她老公又送了她好昂貴的什麼。』變成是：『她老公好像會打她，雖然她都說那是摔倒。』時，就連媽媽也忍不住的說：

『姵姵的性子太烈了，她從小就這樣，而阿存又不是那種會退讓的個性。而且兩個人又都那麼愛面子。你們——』

你們當初應該結婚的。媽媽及時把話收回的是這個，我心想。

當他們婚變的新聞第一次躍上報紙的那年，在阿姨和我的勸說之下，媽媽終於同意把家產全數處置，然後搬來台北和我一起住；我想要在阿姨家附近買個新房子，這麼一來她們姐妹倆也比較能夠作伴，而媽媽則認爲我該把四樓的公寓買下來，這樣才方便我工作。最後是媽媽的膝蓋積水替我們做了決定。

變賣所得再加上我的積蓄總共換得一棟兩層樓的小洋房，離阿姨家只有一個街口的距離，而且前院還有一塊小花園可供媽媽種花打發時間；房子是新的，而傢俱也是，只除了從老家特地搬過來的餐桌。我不知道幹什麼我還特地把它搬了過來。

『好誇張，那麼大的土地和那麼多的房子、居然只夠買這個小洋房，其中還有一間是店面呢。』

「這就是台北啊。」

我笑著告訴媽媽。而阿姨說的則是：

『一家人能夠重新住在一起就好，沒什麼比得上這個。』

『也對。』媽媽同意，『兒子在哪，家就在哪。』

我們一起生活了兩年多幾乎三年，直到媽媽過世。沒有辦法是每一分鐘、但我盡可能把握了陪伴媽媽生命裡最後的每一天，每當想起這點時，總能讓我寬慰不少。

那天我剛從美國做完音樂回來，到家時已經是夜深了，打開大門我看見廚房裡還亮著燈，而燈的下方是媽媽坐在餐桌旁喝著熱牛奶。

「怎麼還沒睡？好晚了。」

『我聽到腳步聲就醒過來了，本來還以為是你回來。』

「是小偷嗎？」

『不是，我到處都檢查過了。』搖搖頭，媽低著眼睛說：『我覺得是你阿嬤，搬家時候我有上香告訴她這裡的地址。媽她怎麼這麼久才來看我呢？』

「媽——」

『餓了嗎？我給你下碗麵，很快。』

我不餓，但我還是說好。看著我把麵吃完之後，媽媽才說：

『心臟有點不舒服，我先睡了，你也早點睡。』

「晚安。」

『晚安。』

然後不確定是我聽錯還是媽媽眞的說了！我聽見媽媽走回房間的腳步聲，以及她喊著：『媽？』

那晚媽媽在睡夢中辭世。

『生命對姐姐滿好的。』

在喪禮上，阿姨告訴我。簡直就像是睡著了一樣，一點痛苦也沒有，一點恐懼也沒有；最後待在一起的人是她最心愛的兒子，而且還讓她最思念的媽媽來帶她走。

『告訴你，活得夠久也參加過太多喪禮之後，自然會讓你學會冷靜的看待死亡這件事情，除了傷心之外，還有一缸子的事情得做。

『每個人都有這麼一天，差別只在於怎麼走。感謝生命讓我姐姐走得這麼幸福，令人羨慕的走法，眞的是令人羨慕。』

阿姨總結似的說：『滿不錯的人生。』

「妳想媽媽有什麼遺憾嗎？對於她的人生。」

『你指的是她沒有看到你結婚嗎？』

「嗯，還有她也是。媽媽會不會——」

『不會。』阿姨堅定的告訴我：『這是她的選擇，她選擇了你而不是婚姻，不是說她只能二選一，而是因爲她覺得你比較重要而且有你就夠了。有時候我甚至會想，姐姐其實沒有很嚮往婚姻。』

捏捏我的脖子，阿姨試著輕鬆的說：『答案揭曉了，那個大車子的夢，你還記得我說的嗎？』

我點頭。

『輪到我的時候，』阿姨又說了一次，『我眞希望生命也可以這麼仁慈的對我，別在我身上插滿管子，不是說我很怕痛苦，只是眞的想要走得自然。』

「還有以奴，我會記得。」

『對，都寫在遺書裡了、所有的細節，遺書就擺在衣櫃裡，以奴旁邊的那封信就是，先謝啦。』拍拍我的手，阿姨四處張望的說：『我再去買些飲料回來，來了好多人啊。』

確實是。

我心想媽媽應該會想要個簡單並且寧靜的告別式，我記得媽媽特別怕吵，於是我只告訴了阿姨和寒大哥，但結果誰曉得這會兒彷彿所有人都來了：老鄰居、老朋友、好久沒有聯絡的親戚……就是連自己的喪禮都不想要參加的寒大哥也來了，還把音樂界的朋友也都帶來了。

還有雅筑也是。

雅筑和阿姨一樣，打從媽媽送上救護車的那天就趕來幫我的忙，分擔好多的細節雜務。

「妳眞上手。」

當所有的忙碌告了一個段落之後，我試著這麼開玩笑。

『是啊，好像開個玩笑就可以讓我忘記你這幾年的故意不聯絡。』

「抱歉……」

『沒關係。不是說我心胸寬大而只單純是小時候我餵過你吃飯所以氣不起來。你還好嗎？』

「還可以，還沒時間傷心，一直有人來拈香。妳想這樣會不會吵到媽媽？」

『我想這絕對是不會，而且阿姨還會覺得好驕傲：她兒子讓她這麼有面子。』

「呵，謝啦，不只是這句話，還有所有的一切。」

『沒問題。你知道我還怎麼想嗎？我想他們現在就坐在雲端上看著我們，我爸媽，還有你阿嬤和媽媽，就像他們從前那樣。』

就像從前那樣。

我告訴雅筑發現媽媽在睡夢中辭世的那個下午，我眞也錯覺好像回到了從前。

我當下知道我該做的第一件事情是走向電話打一一九，而確實我也走向了電話，然而站在電話前面我卻錯覺電話正好響起並且此刻不是下午卻是深夜、阿嬤走的那個深夜，我直覺想要跑下樓、我直覺姵姵就會站在樓梯口，然後她會喊住我，她會幫我把這說不出口也不想說出口的話道出，然後我們會和好，然後……

「然後我才回過神來，明白此刻是下午，而且媽媽的房間就在一樓，根本不用跑下去也不會有樓梯口。」

而且我們都分手這麼多年了……

「不知道爲什麼就是突然這麼錯覺，錯覺回到了從前。」

雅筑笑著看我，握著我的手，她說：『有進步了，雖然還是沒有說名字。想通了？放下了？』

我點點頭又搖搖頭，我只是眞的眞的發現，在死亡面前，一切都是微不足道的。

『她也會來，她說想來。』筆直的望進我的眼底，雅筑問：『她可以來嗎？不方便的話我立刻打電話給她。』

然後，我聽見自己這麼說：「這要問我媽媽。」

『呵，好個回答。』

她直到喪禮結束之後才來，我指的是姵姵。

『沒想到你還留著這張餐桌。』

而，這是姵姵開口的第一句話。

此時我們就坐在餐桌旁邊，手裡各捧著一杯熱咖啡，像是在比賽僵持似的、誰也沒喝一口；屋子裡一盞燈也沒開，只除了從窗外灑進來的陽光，但姵姵卻依舊戴著大墨鏡。我沒問她爲什麼。

『我想帶雨謙來，可是他不肯，他說小孩子參加太多喪禮不好。』

「你們怎麼了？」

姵姵苦笑著：『結果你還是聽說了？』

「這圈子不大。」

『很好笑，以前我一直認爲問題出在你，你不肯結婚、你害怕承諾，你沒有我想像中的愛我，你終究無法以我想要的方式愛我，而阿存可以，他讓我知道他可以；但後來我才知道，問題其實是我自己，我的脾氣太壞，我很愛生氣、也更容易惹人生氣，而且——你那時候是怎麼說的？別人看見危險會躲、而我則勇往直前？』

「阿存眞的打妳？」

『不是他們說的那樣。』姵姵怏怏的說，『我們也吵過架、如果你記得的話，差別在於你會忍下來或者乾脆走開，而他不會；剛開始的時候是會的，但我想人終究是會彈性疲乏的吧。』姵姵失神的呢喃：『或許換成是你的話遲早也會這麼做吧？或許阿存該娶個合適他的女人而不是他愛的女人。』

姵姵突兀的笑了起來，低頭喝了口咖啡，剎那間好像稍稍變回了以前的姵姵，以一種自嘲的語氣，她說：

『如果只能二選一的話，選擇愛你的，而不是選你所愛的。那些兩性專家都這樣告訴我們，有時候我真想把他們一個一個找出來，一個一個的搖著他們的頭，要他們好好的看看我，看看我、我們！』

「你們怎麼了？」

抬起頭、望著我，姵姵有個什麼想說，但話語凝結在空氣中，窒。

低頭，姵姵再喝了一口咖啡，她說：

『相愛容易相處難，就這麼回事。』

就是這種老生常談最教人傷心。姵姵又說：

『或許我該學著讓自己容易被愛吧。』

「或許妳應該等我的，妳應該等我的、那年。」

『好諷刺，都已經好幾年了可是我還是記得好清楚，每一件事、每個畫面、我們，大概我是眞的很難忘記你吧。』

而我不也是嗎？

『大概我是眞的不應該參加那麼多的飯局，反正也見不到你。』

「姵姵——」

打斷我，姵姵說：

『大學文憑是一張紙，結婚證書是一張紙，我們都想要一張紙、在那一年，但我們要的卻不是同一張紙。』

就是這一刻了，我心想。

「你們什麼時候開始的？」

這壓在我心底好多年的疑問和心碎，我以爲我問得出口，終於能夠放下它、問出口，可是不行，還是不行，結果我問的是：

「妳爲什麼要嫁給他？」

『當我還只是姵姵的時候，他就已經把我當成夏天了。』

「妳知道我問的不是這個。」

『謝謝你的咖啡。』姵姵起身，姵姵道別似的說：『謝謝你讓我來送阿姨最後一程。』

「姵姵！」

我傾身拉住姵姵的手，而她甩開我，在拉扯後，她的墨鏡脫落，我看見她眼角的黑。我告訴自己深呼吸，我聽見我說：

「妳可以離開他，然後我們結婚。」

『你現在倒是想娶我了？』

「我只認定過妳。」

沉

。

默

『但我不只是個妻子。』

但我不只是個妻子，姵姵說，我同時也是個母親。這兩者間最大的差異是，妻子可以只考慮自己的幸福，而母親不行。

不管怎麼說，他總是個好父親。姵姵繼續說。眞的是個好父親，打從心底疼愛謙謙，不是像我爸爸那種程度的過分溺愛，而是凡事會站在謙謙的角度替她著想的那種。

『他知道怎麼做個好父親。』直視著我，姵姵笑著說：『而你，我實在很難想像你當爸爸的樣子。你的第一順位永遠是你自己。』

你沒資格。她彷彿在說。

責備。

『我得走了，司機在等我，他派了個司機接送我，或者應該說是監視我，你看他有多害怕失去我。』

而你不是，你沒有。

沒有說出口的責備，卻昭然若揭地橫在我們眼前，直到姵姵離去，直到門被關上，直到死絕的空氣壓得我喘不過氣來。

被留下的我。

這是第二次，我們從彼此的生命中，走缺。

妳要的只是我的後悔嗎？

還親眼見證。

第六章

當愛情變得只剩下難過
請
別只記得
最末的撕裂和毀壞
請
也記得
最初曾經交會過的感動
和也曾美好過的畫面

◆之一

夏雨謙

『這東西眞管用。』

放下咖啡杯，寒大哥一臉滿足的說，然後，是的，他依舊是我記憶裡的步驟：立刻點了根菸抽。

『妳知道嗎？我第一次喝咖啡的時候，這可還是個時髦的洋玩意呢。不過現在沒有人會這麼覺得了，現代人簡直把咖啡當水喝了，現代人更不會用洋玩意這三個字了。文字也是會死的。』

寒大哥停頓了一會讓服務生送上我的咖啡，他有個什麼想問、但他忍住沒問；等服務生離開之後，寒大哥才又繼續剛才的話題：

『很好笑，我已經想不起來人生中的第一杯酒是跟誰喝的，但我永遠記得我人生中的第一杯咖啡是和夏天喝的。就是約了簽約的那個下午，也是在旅館的咖啡廳，神氣活現得要命，我指的是當年那個旅館而不是當時的我和夏天，我們只是得意洋洋而已。』

我笑了出來。

此刻我們就坐在當年媽媽和我長住的同一家旅館裡喝咖啡。在電話裡寒大哥提議我們可以就近約在轉角的咖啡店即可，但我說我突然有點想要回來這裡看看；我注意到大廳的陳設裝潢改變好多，而當年的那架白色鋼琴也被挪走不見。我想不起來白色鋼琴原來是擺在哪裡。

我把當年大廳經理的提議以及曾經有位外國女客給我小費的往事說給他聽，果眞寒大哥聽了也一直的笑。

『我記得那架鋼琴，每次來這裡接夏天的時候我總就站在鋼琴前面等她，就是那個位置。』寒大哥指著如今擺著麵包櫃的方向，嘆了口氣，他說：『那年才剛開幕呢、我記得，而一轉眼它也已經被擠到老旅館的名單裡了。歲月不饒人，但歲月可也沒饒過其他的。我們多久沒見啦？』

「好幾年了，自從寒大哥退休之後。」

『功成身退、告老還鄉啦。』他告訴我，『好笑，小時候我拚了命的跑到台北來、簡直就像是逃跑一樣的來到台北，爲的就是不想跟我老子一樣種一輩子田還賺不了幾個錢，但才一退休卻是急巴巴的想回老家種田去，還嫌不夠似的多買幾塊田。』

把話打住，寒大哥笑著看我，說：

『而妳還是我記憶裡的那個好孩子，總是保持微笑、耐著性子聽我這老頭話當年。夏天把妳教得很好。』

寒大哥抽出第二根香菸，不過卻在指間把玩著沒點來抽，他若有所思似的說：『每次看著妳，總會讓我想起一個老朋友，不知道他現在人在哪裡呢？上一次收到他的明信片是從溫哥華寄來的。這年頭我想已經沒什麼人在寄明信片了，網路太方便了。』

接著話題一轉，他聊起網路的便利，太便利，什麼都可以依靠網路完成，這在他們這一輩看來簡直不可思議。

『說我老頑固吧，但我就是不喜歡這樣，遲早一天我們連生小孩都不必親自來，網路自然就會幫我們搞定。』寒大哥嘖了一聲，然後笑了起來，他搖搖頭，笑著說：『對了，有件事我一直想問妳卻又一直忘記要問：妳是跟著夏天喊我寒大哥、還是夏天要妳這麼跟著喊？』

「媽媽要我跟著喊就好，媽媽說她永遠搞不懂那些叔叔舅舅之類的稱謂。」

『呵，果然。坦白說第一次聽妳喊我寒大哥時還有點不適應，但想想如果妳當時喊我寒伯伯我可能會很難過覺得自己眞是老了要被淘汰了。不過現在去他的、我明年就要當爺爺了。』

「恭喜。」

『謝啦，妳也是。我聽老闆說了。還是那個會給妳送愛心晚餐的陽光男孩嗎？』

「他就快要告別男孩這身分了。」

寒大哥帶著笑意看著我，這件事他等著我自己說。

「我懷孕了，應該已經……」我下意識的扳扳手指頭，但其實這根本多此一舉：我何必計算日子呢？我已經每天都在倒數了，儘管家揚激動歡呼的臉彷彿還只是昨天，剛才，上一秒。

「就要滿三個月了。」

『看不出來，不過不難猜出。』寒大哥的視線從我的腰際移回桌面，他笑著說：『低咖啡因咖啡，還有不再抽菸，女人總有件事是無法瞞住任何人的。抱歉我一開始就抽了根菸，那時候妳的咖啡還沒上桌。』

我告訴他沒有關係。

「雖然肚子還小小的、簡直就看不出來，不過我們還是決定下個月就舉行婚禮。」

接著就該提這次見面的重點了，但我卻還逃避著，我逃避似的閒聊著：

「我壓根沒有資格這麼說、因爲事情完全都由家揚在處理，但只是配合著的我、所需要做的只是點頭同意的我、卻還是覺得好趕好累喔。我們花了一番討論才終於把房子的事情搞定，終於能夠鬆口氣時，接著又得忙婚禮的籌備，我——」

『嘿、別緊張。』拍拍我的手，寒大哥安撫道：『妳電話上說的事情、我沒問題，可以牽著妳的手走過紅地毯、把妳交到新郎的手上，這麼榮幸的事情、我光想都榮幸，而且是榮幸得想哭呢。』

「謝謝寒大哥。」

謝謝你總是願意幫我把難以啓齒的話說出，可是接著他卻還是說：

『但妳眞的不告訴妳爸爸？起碼讓他知道？』

「我們已經很久沒聯絡了。」

『不後悔？』

我疑惑的看著寒大哥：爲什麼要後悔？

『我知道妳氣他、恨他，可是、哎！我也不知道該怎麼說。』

倒身往椅背一靠，寒大哥還是忍不住點上那根香菸，然後盡可能的往反方向抽。

『他們沒有說也不願意說，所以我也無法斷言，只是我後來覺得、我越來越覺得……』

「嗯？」

『他是個好父親，從世俗的角度看來，他眞眞確確是個好父親。』

「什麼世俗的角度？」

寒大哥沒有回答我，寒大哥反而說：

『沒有什麼比後悔更來得可怕了、在人的七情六慾裡。愛一個人可以決定不要再愛，恨一個人可以決定不再要恨，可是後悔，後悔無可改變、也無法再挽回了。』

「……」

『後悔是生命給我們的懲罰，而他是眞的很愛妳，我不覺得他會捨得妳後悔。』

氣氛毫不意外地僵了下來，慢慢把杯子裡的咖啡喝乾之後，寒大哥喊來服務生結帳，然後他提議我們不妨到外頭去散個步？此刻太陽雖然還沒下山，不過溫度看來是降了，秋天大概是來了吧。望著窗外、寒大哥說：

『當然前提是如果妳不忙的話。』

我說我不忙。而且確實家揚老提醒我要多運動，這樣生產時也會比較順利，雖然我們還沒有討論到那裡，不過我已經決定好等到一足月就要進產房剖腹——

『妳還好嗎？』

回過神來，我才發現寒大哥不知道什麼時候停下了腳步盯著我的臉看。我完全沒有印象在走出旅館的這一段距離裡他都說了些什麼。我問他怎麼這麼問？

『打從今天一見面我就隱隱覺得妳好像是氣色不好，不過這會兒看仔細才明白妳比較像是繃得緊緊的。心頭壓著事？』

我說，我開始說。

我感覺自己好像不是懷孕卻像是坐牢。

這麼想實在不應該，尤其是當我發現我居然越來越這麼認為時。好多我原來的生活習慣彷彿都會害死我肚子裡的生命，好多我原本就討厭的事情和食物結果卻對他才是好的，雖然是第一次懷孕、不過倒也早有心理準備，早就準備好懷孕大概會是怎麼一回事；我覺得好不自由，我甚至因此感覺到很不快樂，我怕我沒有能力當個好媽媽而且是越來越害怕。可是我什麼都不敢跟家揚說，我知道他會是什麼反應，我還知道他有多麼期待這個孩子的到來，我害怕他知道我甚至沒有他一半的期待。

「而且最說不通的是，我居然還很害怕失去他。」

『妳只是太緊張了。』

「我的醫生也這麼說。」

我說，我繼續說。

我想我大概是嚇壞了。

上個月我的下體一直斷斷續續出血，醫生診斷後要我回家在床上躺一個星期不要動，安胎吧？我記得他是這麼說，除了上廁所和洗澡之外盡可能都不要下床。我眞的快瘋了，而且我還眞的是寧願自己乾脆就瘋掉算了。我眞的好希望媽媽在，常常都好希望媽媽還在，好希望她眞的眞的還活著、還在我身邊，可是那一個星期這感覺尤其強烈，我強烈的希望媽媽眞的就在，我甚至好生氣爲什麼媽媽死掉了剩下我一個人；而最荒謬的就是這一點，因爲我早就已經不是一個人了，我有家揚，溫柔體貼的準老公、準爸爸，而且我肚子裡還有個生命，無時不刻的存在我身體裡，可是我那時候眞的眞的覺得自己是一個人，孤零零的一個人，我——

「我眞不敢相信居然把這一堆亂糟糟的全說出來了，天啊！」

『這樣很好，有益身心健康。』寒大哥笑著說，『歡迎妳隨時打電話向我這個退休老人倒垃圾，不用管我怎麼想，而且反正我也習慣了，這點夏天把我訓練得可好了。』

我笑了起來。

『把話說出來是好事，比壓在心頭好很多，好太多。』

「謝謝寒大哥。」

『好啦，該放妳回家和準爸爸吃晚餐了，再說一次歡迎隨時打電話來倒垃圾，還有，下個月見。』

「下個月見。」

然而下個月我們並沒有再見。

流產打亂了我們所有的計畫，包括婚禮。

當我從麻醉中醒過來之後，首先我看見的是家揚趴在床邊睡著的臉，而原本握著我的手，則因睡眠而鬆脫。

家揚看起來剛哭過的樣子。

「家揚……」

『妳醒啦？』

傾身向前，家揚重新握住我的手，他問我好不好？有沒有哪裡痛？會不會不舒服？要不要請醫生過來？我告訴他一切都還好。

『這是機率問題，是自然機制……與其讓他不健康的出生，倒不如——』

說到這裡的時候，家揚的聲音都變了。我於是拍拍他的手，握緊他的手。我突然很想問家揚，是不是這孩子感覺到我並沒有很愛他、期待他，所以就提早逃跑了？

可是我什麼也沒說，我要自己轉過頭望向窗外，克制自己眞的說出口。

如果眞的說了，家揚會怎麼想？

『醫生說妳太虛弱了，所以還要住院觀察幾天。爸媽他們要過來看妳，剛打電話來說已經快到台北了。』

「嗯。」

『怕妳覺得無聊，我剛去給妳買了些東西回來。』

轉過頭，我看著家揚從背包裡拿出幾本書還有梁靜茹最新的專輯《崇拜》。

『書是照著排行榜買的，因爲我不知道妳會想看什麼書，唱片的話就好決定多了，因爲妳車上——』

「對不起。」

『嗯？』

「孩子沒了，對不起。」

『這又不是妳的錯。』輕撫著我的臉，家揚告訴我：『我們會有自己的小孩，遲早會有的。我們都還很年輕，怕什麼？』

「嗯。」

『別想太多了。好好休養比較重要。』

「好。」

『妳要聽音樂嗎？還是看電視？』

「音樂。」

『好。』

拿出隨身聽，取出唱片，家揚邊說著：『婚禮……等妳身體康復了、心情恢復了，我們再討論日期？』

我說好。然而當時我們誰也想不到，那竟會是我們最後一次討論我們的婚禮。

可能的　可以的　真的可惜了

幸福好不容易　怎麼你卻不敢了呢

我還以爲我們能　不同於別人

我還以爲不可能的　不會不可能

你的姿態　你的青睞　我存在在你的存在

你以爲愛　就是被愛　你揮霍了我的崇拜

詞／陳沒　曲／彭學斌

隔年春末夏初，我再一次懷孕，然後，是的，再一次流產。

而這一次家揚並沒有握著我的手、當我醒過來之後，這一次他坐在病床旁邊的椅子上，雙手環抱著胸口；他告訴我、想讓他媽媽過來同住一陣子，好就近幫我調養身體。

『類似坐月子的意思，媽說這樣比較好，流產比生產還要傷身體。』

而妳上一次不應該拒絕的。我猜家揚忍住沒說的是這個，可是他的表情其實都說了。

「我討厭吃那些補品，我討厭那種味道。」

『或許這就是我們一直保不住孩子的原因。』

家揚脫口而出，而我轉過頭，沉默以對。

當媽完成任務回家的那個晚餐，我們對坐在餐桌的各一頭，試著忽略餐桌上這不自在的僵。

『我在想妳是不是可以先暫停工作。』打破沉默，家揚說：『這工作讓妳的生活作息沒辦法正常，而這對身體真的很不好。我們又不缺錢，而我也有養家的能力——』

「不是這個問題。」

這份工作救了我。我告訴家揚。當我走投無路的時候，當我失去一切也徹底否定自己的時候，當我差點連住的地方都失去的時候，是這份工作救了我，讓我重新活過來，讓我不再每天每天都無所適從都覺得自己是孤獨的存在，讓我——

『隨妳吧。』起身推開椅子，家揚說：『反正是妳的工作，妳的身體，妳的人生，妳的！』

我脫口而出：「對！而且我也不想再懷孕了！」

家揚驚訝的望著我，然後他轉身，家揚什麼也沒說就只是轉身。

「你要去哪裡？」

『呼吸。』

這彷彿成了我們新的互動模式：回家之後家揚沉默的進廚房做晚餐，接著他依舊會喊我吃晚餐，但也僅止於此了，不再有往日的歡笑交談，我甚至有點想不起來從前我們都說了些什麼？當這個時候。

接著是沉默的吃晚餐，我們刻意逃避著彼此的視線，偶爾我們會試著找些話和彼此聊，可是卻都不太成功。我們以前如何能夠總是聊不完？從回家之後到睡覺之前、怎麼的就是聊不完？

我忍不住的想，忍不住的感慨。

晚餐之後家揚會到附近的籃球場打球，應該是打球吧？我是從他的衣著判斷的，家揚沒有告訴我；而我則獨自散步到轉角的咖啡店待到關門爲止，以創作麻痺這段變質了的感情。

我們持續冷戰。

慢慢慢慢的，家揚開始從偶爾到書房過夜、變成了每天都在書房過夜，而我也開始不再每天回家吃晚餐，反而寧願待在錄音室工作、或者乾脆就在咖啡店獨處用餐；那是我創作能量最高峰的時期，當我們依舊同住一個屋簷下，但卻形同陌路時。

我們各過各的。

冷戰這段我們曾經賴以存在的感情。

曾經緊緊相繫的感情。

曾經深深愛著彼此的兩個人，最後怎麼會走到只願意冷戰彼此的地步？多悲哀。

直到有一天，家揚走向我，家揚告訴我，我們眞的應該談一談。

於是我們重新坐在餐桌的各兩頭，我仔細的看著餐桌那頭家揚的臉，彷彿預感這將會是我最後一次看到他似的、看。

『我想回家了。』

這是家揚開口的第一句。

本來就是我的生涯規劃。家揚開始說。在遇見我之前，他本來就只打算在獸醫院待個幾年累積經驗，然後他會回去、在老家附近開間獸醫診所。本來是這樣計劃的、在遇見我之前。

我聽見我說：

「在台北也可以啊，我們有錢可以先買個小小的店面，或者先用租——」

『妳知道我的意思。』

沉

。

默

『變成這樣，我很難過。』

家揚說，然後低著頭，他流下眼淚。

『我還是很愛妳，天曉得我一直就很愛妳，眞的很愛妳。』

每次看著妳的臉，我總能看到未來，清清楚楚的未來，我們的未來；我看見我們在未來裡會住什麼樣的房子、過什麼樣的生活，還有——

『有什麼樣的孩子。』

三個小孩，老大是男生，老二是女生，老三則是男是女都可以。我在心底默唸著。我那時候有沒有告訴家揚？不管是男是女我都希望能夠像他？因爲我愛家揚更甚於愛我自己。他知道這一點嗎？我讓他知道過嗎？我——

『我搞不懂了，』家揚繼續說：『當我們只差一步就能把未來變成是現在時，可是我們卻好像越走越遠了，怎麼會這樣？我不明白。』

明白了又如何？

『我一直是個追求未來的男人，一直以來就是。未來之於我、就像是妳的工作之於妳，如果只能二選一的話，妳選擇的是工作，而我……』

「我了解。」

『直到此刻我還是愛妳的，還是希望我的未來裡是有妳的，只是……』

曾經我是你的未來，而今我卻擋住了你的未來，於是在你的未來裡，再也不會有我了。

我懂。

我可以爲你改變，改變自己，重新走向你想要的未來，我們的未來。

我以爲我會這麼說，可是結果我沒有，結果我說的是：

「我也是。」

『好好照顧自己，好嗎？』

沒有你、我怎麼照顧自己？

『我還能爲妳做些什麼嗎？』

你可以改變你自己，重新走向我想要的未來，我們的未來，只有我們的未來。

我告訴家揚：

「你已經給了我太多了。」

『我要的不多，只是一段平凡的感情，然後組成一個平凡的家庭。』家揚說，家揚最後說：『沒想過我們會這樣結束。』

而我心底深處最想說的則是：沒想過我們會結束。

彷彿失去了和現實世界的聯繫、當家揚離開之後。

我還能爲妳做什麼？

我想起在家揚離開之後才想到的回答：

你可以和我聽完這首歌，這首爲你寫的歌。

哪一首？

我想像家揚會接著這麼問。

每一首。而我會這麼回答。

「你已經給我太多了。」

而今你卻什麼都帶走了，我的現實我的生活我的靈感。你沒拿走、但它們卻都跟著你走了。

走

。

了

二〇〇九年第一天，我打電話請人來把電視搬走，因爲我無法忍受整個跨年夜都盯著電視回想我們曾經一起度過的跨年夜；還有沙發也是，我想起第一次懷孕時，家揚是那麼信誓旦旦就是在這張沙發上。

幾天之後，我請人來把餐桌也撤走，我不想要每回望向餐桌時，都誤以爲家揚就坐在那裡、盯著我把碗裡的分量都吃完。

『不可以挑食。』他會這麼說。

他再也不在乎了，不是嗎？

而床也該換了，尤其是床最該換吧？有天我突然這麼心想。是床的錯，它太大卻太擠，它害我怎麼睡也睡不著；我想起家揚的睡品好差，不是會翻來覆去、卻是會一直向我逼近，有時醒來我總會發現自己已經睡到床沿，於是我只好越過他、睡到家揚的身後，可是接著——

「可是枕頭都已經睡出家揚的頭印了啊……」

我張開嘴巴這麼說，而回應我的，只有整屋子的沉默；沉默透過牆壁朝著我四面推擠，我想尖叫，放聲大叫，我想——

『我想妳該暫時搬離這個被回憶塞滿的房子。』

我彷彿聽見家揚的聲音在我耳邊這麼說，可是家揚沒有這麼說，家揚最後說的是：

沒想過我們會這樣結束。

結

。

束

我搬離這死絕的房子，搬入曾經和媽媽長住的旅館；當櫃檯人員問我退房日期時，我隨口告訴她一個日期，我後來才想到那是家揚的生日。

然後是那天，同一天。

家揚生日那天，我打電話想告訴他生日快樂，可是家揚的電話一直佔線中。他今年會和誰一起過？我忍不住的想。我告訴自己別再想。

我打開搬入之後就沒打開過的電視，我看見報導裡威廷離婚的新聞。終究無法適應豪門生活的平凡女子。記者如此告訴觀眾，他好像眞的很相信自己的這一番報導。

威廷沒有出現在鏡頭前，代表發言的仍舊是他的母親。

總好過娶個歌女進門。我想起當年她這麼說。

關了電視，打開電腦，我無意識的瀏覽網頁好打發時間，不確定是過了多久之後，我發現自己竟開始搜尋家揚的名字。

很多很多的網頁，更多更多與家揚無關的網頁，完全沒有我們名字同時出現的網頁。

然後，接著，我看見一個陌生女子的個人網頁連結著家揚的名字，我點了進去，我看見一段影像，一段迎娶的影像。

影像裡家揚穿著西裝顯然就是新郎的模樣，鏡頭隨著他走進一棟我從沒看過的透天厝裡，接著定格在一個我從沒看過的房間裡，房間裡有張床，床上坐著個新娘，鏡頭外有人起鬨著，而雜音太多我聽不清，接著鏡頭拉近，特寫著家揚在地上做伏地挺身，而表情是新婚的喜悅——

我力氣很大。我想起家揚曾經這麼說。

我很務實。

我要的不多，只是一段平凡的感情，然後組成一個平凡的家庭。

我還是好希望妳就在我的未來裡。

閉上眼睛，我想像如果當初我們也結婚了的話，我們的婚禮、會不會也是這模樣？

我無法想像，我早已經失去了想像，都被帶走了。

都失去了。

我打了電話到櫃檯，要求延長退房時間，接著我走出旅館，走向醫院，我向醫生要了一袋安眠藥。

『因為是初診，所以先給妳七天的分量，這是健保規定。』

醫生告訴我。

我什麼也沒說，接著七天之後，我再度去拿了一個月的分量。我忍住沒問他這樣的分量夠不夠？我其實也可以問家揚，只是家揚一直沒回我電話。

都失去了。

然後是那天，我醒了整整二十四個小時不睡，我看著窗外的雨，雨看煩了就看電視，有時也看看鎖在保險櫃裡的那兩袋安眠藥。我不明白我在等什麼。

然後是夜裡，我的手機響起，一個陌生的男人告訴我父親過世的消息。

後悔是生命給我們的懲罰。我想起寒大哥曾經這麼說。

我不確定現在是不是後悔？我好像越來越難有任何的感覺、在家揚離開之後，在我失去了所有的一切之後。

而現在，我就站在這裡，這旅館的大廳裡，看著這個穿著黑色長裙的陌生的男人，起身，對我說：

『好久不見。』在短暫的沉默之後，他才又說：『喪禮結束了嗎？』

我點點頭，同時防備意味極重的反問他：「你怎麼知道我住這裡？我們見過嗎？」

『我知道妳們住過這裡，妳和夏天，妳母親。』

「你是誰？」

『我是妳母親的朋友，我認識她一輩子了。』

看著我，他說：

『我是最後見到她的人。』

◆之二　杜宇維

她顯然有滿腹疑問，但她克制著沒問，這是她的教養使然，我想。

我想起最後一次見面時，寒大哥對她的形容：溫順、乖巧，並且，太壓抑。她看起來好累的樣子，她明顯是需要睡個覺，好好吃頓飯，可是她看起來連這兩者最基本的生理需要都是種負荷。她的人生令她難以招架，我懂那種感覺。

媽媽過世的那一陣子，我就是活在這種狀態裡頭，困得出不來。

熟悉得簡直就像是我第二生命的創作，因爲悲傷過度而無以爲繼，並且就是連最基本的生活、繼續生活都困難得得花去好大力氣還做不好；不同的是當時我有阿姨的陪伴，或者應該說是，我們彼此陪伴。

姨丈在媽媽過世不久之後也跟著離世，同一年連續失去兩位至親的阿姨看起來卻比我還要堅強，或者起碼阿姨沒有像我那樣明顯的垮掉，放任自己垮掉。雖然同樣悲傷，但阿姨仍然可以開玩笑：

『簡直就像是送行者，當人老了之後，送走一個又一個至親的時候。』

然而有的時候，阿姨仍然不免感慨：

『只剩下我們兩個人了，在這世界上，只剩下我們兩個血脈相連的人了。』

於是我們決定一起旅行，藉由旅行遠離悲傷，畢竟這是死者對於我們最後也是唯一的期望；藉由旅行各地、我們一點一滴慢慢找回活著的感覺，找回繼續活著的力量。

讓自己好好活著。

好好活著。

我告訴她：

「本來以爲可以見到妳的，在阿姨的喪禮上。」

此刻我們就坐在旅館大廳的咖啡座，看得出來她是盡可能表現禮貌的看著我說話，但仍不由自主的望著窗外，彷彿如此才能讓自己感覺到安全似的。

「在阿姨走了之後，我們才又重新聯絡上彼此。月子姨婆，妳是這麼喊她的吧？」

點點頭，她的視線重新回到我臉上，她的雙唇則囁嚅著，她有個什麼想說，可是她說不出口，一說出口就會潰堤，連身體都四分五裂的潰堤，她臉上的表情說明了這點，她眼眶的淚水也是。

我於是代替她說：

「妳那時候很生氣，生妳媽媽的氣，所以妳負氣提早回去英國，我知道。」

閉上眼睛，儘管已經事隔多年，但我依舊能夠清楚看見姵姵說起這段傷心時的表情，那是夾雜著後悔、自責和無能為力的表情。

張開眼睛，我看見同樣的表情出現在她臉上，這張完整遺傳了姵姵美麗的臉，此刻表情同是怪罪自己的傷心。

傷心得無法挽回。

「她很難過，可是她沒有生氣，她不會生妳的氣，當母親的人不會真正氣自己的孩子、絕大多數的母親都這樣。只要一當母親，註定就是只有輸給孩子的份，姵姵是這麼告訴我的，她這麼笑著告訴我。」

『可是我——』

「她早就不介意了，而她也希望妳別再介意了，她更希望的是，能夠看見妳和自己和解。」

疑惑重新回到她臉上、最初的疑問：你是誰？

多令人傷感。

我強迫自己看進她的眼。

我告訴她、我們何以認識了彼此一輩子，我告訴她、我打從一出生就習慣了妳在，我還告訴她、我們如何相愛又如何分開，然後再如何重遇彼此的未來；我沒告訴她、我差點就成了她父親，我沒告訴她、我們最後單獨見面的那個下雨天。

我告訴她，妳其實一直都在。

「雖然沒有具體證據，但卻千眞萬確。」

不是明確的看到、聽到，但就是清晰的感覺到，感覺到妳在，感覺到妳來，來到我身邊。

「我會聞到一陣香水味，她身上的香水味，就現實層面來說、那是不再存在的香水味；接著我會感覺到冷，與其說是透進骨子裡的冷、倒不如直接說是不屬於現實世界的冷。」

而更多的時候是夢。

「有時候是夢見過去、我們的過去，而有時候是日有所思、夜有所夢。但更多的時候是她來到我的夢裡，想告訴我什麼，想傳達我什麼。或者應該說是，想要我幫她傳達什麼。」

「妳父親過世的那晚，我夢見她一個人坐在旅館的房間裡，她的保險櫃裡鎖著一袋安眠藥，她得強迫自己才能把視線帶離那袋安眠藥。而夢的最後是她看著我，她想告訴我什麼，可是她開不了口，她失去了聲音、當然，因為她早已經死去。」

然後我才知道，這是個關於傳達的夢。

「她不希望妳自殺，妳的人生一團亂、但妳還是應該活，好好的活著，是為了妳自己，也是為了生妳養妳的父母。她已經錯了一次，那是不對的，她後悔，可是來不及；但妳來得及，而她不希望妳再錯，她不要妳後悔，她要妳好好的活著。

「自殺和死亡不同。」

死亡是生命的結束，完整的結束，然後輪迴，然後再續前緣；而自殺只是殺死了自身的肉體，但靈魂卻還是被留在這裡，愛還在，恨也在，只是，無處可去了。

死絕的孤寂。

「自殺是不完整的死亡，妳其實還在，妳還看得到妳生命裡的人，妳所愛的人甚至是妳所恨的人，只是，妳失去了所有的感覺、也失去了表達的能力，那是完。全。死。透。的孤絕，比活著時感覺到的寂寞、孤獨、痛苦、絕望都更難受。」

我等著她消化完這番話，然後繼續說：

「而第一次發生是在醫院裡，我從鬼門關前走了一遭回來，我先是聞到她身上的香水味，然後我覺得好冷，無法承受的冷，我被冷醒過來。醒來時我感覺到她就坐在我身邊，我以爲我看見她，但其實我只是感覺到她在。

「我那時候以爲我是死了，我以爲我醒在死後的世界。但是並沒有，我是被救活了，因爲恢復清醒之後，坐在我床邊的人，其實是妳父親。」

我們聊了很多，我和阿存，我們聊往事、聊逝去的長者，聊妳們、也聊我們的這幾年；橫在我們之間的愛與恨，彷彿都隨著妳的死而被留在過去。

煙消雲散。

而阿存你啊，你又是懷著什麼樣的心情、決定讓這個你們共同的祕密，一延就是十年？直到你臨終之前才終於道出。是單純想要代替姵姵懲罰我當年的自私、還有那些年的不夠信任？又或者更純粹只是你希望直到生命結束的那一刻、你都還是她的父親？這就是你愛一個人的方式？不放手。

而，又是什麼讓你改變了心意？我這張重生的臉？

而現在，十年之後的此時此刻，我帶著這張臉、這張因爲車禍受損而不得不重整的臉，這張依照姵姵的模樣所重塑的臉，坐在這裡，看著眼前這張完全遺傳自姵姵的臉，艱難的開口，問：

『你，就是當時和媽媽一起在車上的那個人？』

點頭，我說：

「杜宇維，這我名字。工作上的人叫我杜爺，而至於他們則依舊喊我維維。他們，妳的父親母親，以及所有我們共同認識的人，朋友和親人。」

而妳，則應該，喊我一聲爸爸。

而他，當了妳一輩子父親的男人，對我說的最後一句話，是：替我照顧她。

「妳從沒懷疑過這一點，對不對？他當了妳一輩子爸爸，稱職得讓妳從來沒有一天懷疑過。他從來沒有解釋過什麼，對妳、對任何人、甚至是對詆毀了他一輩子的媒體，他從來沒爲自己解釋過什麼，直到他死前都是。」

懸在她表情裡的疑問慢慢褪去、消散，取而代之的，是明白過來的震驚，還有，眼淚。

訴說著後悔的眼淚。

「好好活著，他對妳唯一的要求就這點，而妳如今唯一能爲他做的就是這點，妳是他最後的牽掛。」我告訴她，「而妳，讓自己好好活著，這就是最好的贖罪。」

望著雨謙臉上的淚，低頭，我想起那個下雨天，那個，我們最後的下雨天，十年前的那個下雨天，妳，生命中的最後一天。

一九九九．
雨。車禍。和她的末願

結束是因爲一場雨

杜宇維

那是一個下雨天，五月裡的某一天，不確定是不是整整二十四小時都下雨的一天，只曉得那天全台灣都下雨，無處可逃的雨，從北到南都下雨，是這樣子的一個雨法。

會知道，是因爲那天我們開車繞了台灣整一圈。

起點是台北，而終點，是愛情。

那天的起點同樣是在這張餐桌旁。

這張從前坐過阿嬤、媽媽、阿姨還有時常來串門子的姵姵他們家人，而往後也將由雨謙和我還有窩在腳邊的狗繼續坐在它旁邊共同生活的餐桌，此刻坐著的人是我和姵姵，姵姵和我，我們。

我們同樣是坐在餐桌的兩端，手裡同樣各捧著一杯熱咖啡卻遲遲不喝，就如同當年我們最後一次見面的畫面；不同的是這次姵姵臉上並沒有戴著刻意遮掩的大墨鏡，而門外也不再有專屬的司機等著送她回家，就連在餐桌上的沉默都不同於當年像是在比賽，反而此刻的沉默像是沉澱，藉由和平的沉默、我們沉澱著這些年來彼此的走過。

各自走過。

『好久不見。』

依舊是姵姵打破的沉默，以一種準備好了的口吻，她開口說，接著又重複了一次好久不見這四個字，然後她問：『幾年了？』

「好幾年。」我說：「太久了。」

『我有時候會來這裡，但門都關著。我是說自從上次見面之後，有時候我還是會來這裡……我也不知道我來這裡幹嘛，我知道你——』

「幾乎都在國外，比較多是在美國，我們在那有個工作室——應該說是我，我在美國有個工作室，工作室附近有一層公寓和阿姨一起住，在旅行和旅行的中間時段。」我們都說回去但不說回家，我們把那層公寓稱之爲房子而不是家。

『我知道，寒大哥都告訴我了。我是說明知道你不會在，但我就是忍不住想來看看，我也不知道我想看的是什麼？我以爲我會看到什麼？當然也有可能就是知道你不會在，所以我才更放心的跑來看——噢、算了，我也不知道我在說什麼。』搖搖頭，姵姵又說：『我還是常常想起你。多好笑，都這麼多年了，眞搞不懂。』

你還好嗎？不給我接話的機會、姵姵緊接著又問，倉皇失措的問。

彷彿說的比她預期的還要多、還要深。

我順著她回答說我很好。我接著說上回媽媽過世時她也這麼問、也是在這張餐桌旁邊。「我很好。」

我又重複了一次。比起當年我畢竟是虛長了幾歲，而且這次也先有了心理準備。

「這大概是阿姨體貼的一面。」

我試著開玩笑說。接著我告訴她、在昏迷之前，阿姨還一度這麼開著玩笑說：

『反正也過了英年早逝的年紀了，所以好像也沒資格裝可憐。眞討厭。』

姵姵聽了也跟著笑了起來。

「活得夠久也參加過太多喪禮之後，自然會讓你學會冷靜的看待死亡這件事情，除了傷心之外，還有一缸子的事情得做。」

我把阿姨當年告訴我的話說給姵姵聽，這讓她的笑容在她臉上延續。我還是好喜歡看她的笑，看著她笑，還是很喜歡看著這張依舊讓人無法移開視線的臉。

低頭啜了一口咖啡，抬頭，我告訴姵姵：

「我本來還以爲妳不會來了。」

阿姨要我們全都到，輪到她的時候，我們誰也不准缺席，我們全部都要到、都得到。在那次我缺席喪禮之後，阿姨這麼告訴我、叮嚀我。我記得，還記得。

『抱歉我來晚了，我怕遇到記者。』姵姵說，『但是沒有記者來，對不對？』但是阿存來了，我懷疑可能阿姨也曾經這麼警告過他。阿姨一直把我們都當成她的親生小孩。而我以爲妳其實躲的是這個。我心想，但我忍著沒說。我告訴姵姵：

「我已經離開這圈子太久了。」

『是啊。』姵姵同意我的說法，但隨即語氣一轉，她又說：『把過氣的大明星夏天消費個夠，這會兒他們倒是幹嘛還要冒著雨出門採訪、再消費一次呢？』

「是下雨的關係，妳的復出演唱會。」

『我失敗的復出演唱會，落人笑柄的失敗復出演唱會！』呸了一聲，姵姵說：『以前連颱風都擋不住他們跑來看我表演呢！』

姵姵的這番話懸在空氣當中直到凝結，然後她喪氣的逞強：

『算了，好像我多在意似的，我在意的才不是這個。』

「妳沒帶雨謙來？」

沉默。

「我聽見阿存問雅筑，他以爲妳會帶雨謙來，他很想見雨謙。」

『你們有說話嗎？』

「沒有。」

『他看來如何？』

他看來是個好父親。當年妳曾經這麼告訴我，而今透過他神情裡的關心，我親眼見證。

沉默長得令我不禁懷疑姵姵是不是不想要討論這個話題，然而終究她還是說：

「她先回英國了。」

此時逞強從姵姵的表情裡消失殆盡，剩下的是喪氣，以及取而代之的傷心、自責和難過。

伴著懊悔的眼淚，她從站在雨謙身後看著她說的那通電話開始說起，她說起當下的失落，她接著指責自己是如何自私的只管自己，然後是當年追求過她的那位富商。

『我根本想不起來這個人是誰。』

姵姵無辜又沮喪的說。

然後她想起去探望阿姨的那個下午，她們說了好多往事、關於她也關於我們的往事、童年往事，然後她突然發現，她好像從來沒有這麼對待過雨謙；她不知道雨謙記不記得她的童年？她不確定雨謙人生中記得的第一個畫面是什麼？而她知道的每一個畫面、每一個她們母女的畫面，都是以她爲主。

『都是以我爲主，當我們相處的時候，我說的都是我的事，如果可以重來一次的話，我眞希望多關心我的女兒，多問問她的感受，還有，幫她記憶她的童年她的成長，以及，告訴她，讓她知道每一個屬於她而她卻不記得的畫面。』

『我飛了一趟去英國找她，可是她還是好生氣，還在氣我。她是那麼乖的小孩，可是她說她不要再看到我了，如果不是我也不會害得她——』

「只是氣話而已。」起身，我坐到姵姵的身邊，拍著她的手，安慰她：「她不會恨妳的，她只是不知所措而已。那年紀的小孩是這樣，我們都經歷過那年紀，不是嗎？」

抬起哭泣過後而顯得更爲清亮的眼睛，姵姵告訴我：

『你知道這像什麼嗎？這像是人生發給了我一手好牌，結果卻被我打得全盤皆輸。』

「還有下一局的，我相信。」

『不，結束了，我知道。』姵姵情緒混亂、並且顚三倒四的說：『我的女兒恨我怪我，我的復出失敗成了笑話，我的老公有了別的女人。』

我沉默。

『我知道，一直吵著要離婚的人是我，我知道，我們一直不快樂，我們拖了四年才終於離婚，一直不肯簽字的人是他，他寧願笨得大把鈔票大把付、也不肯簽字離婚，他就是這麼愛得放不開我。可是你知道怎麼嗎？當他把離婚協議書寄到旅館時，我卻反而——』

她說不下去，她轉而問：『他有帶她來嗎？』

「嗯。」

『我躲的其實是這個，我不想失態。』

「我知道。」

『是怎麼樣的女人？很年輕嗎？』

「小我們一點，但絕對不年輕了。」我回想著她的樣子：「很普通，普通到走在路上絕對不會有人多看她一眼的那種。」

幾乎是想也沒想的、姵姵接口說：

『普通到阿存搞不好還會是她的第一個男人。』幾乎是同時的，姵姵說：『對不起，我不是故意——』

「這是，你們一直吵架的原因嗎？」

『不是，在娶我之前他早就知道了，我沒瞞過他什麼，而他卻好像一直以爲我老在瞞著他什麼。』是外遇。姵姵接著說：『阿存一直認為我有外遇。』

避開姵姵的視線，我低頭喝了一口冷掉的咖啡。

我想起在我們交往的那幾年，姵姵總是晚歸，而且還經常醉得讓人送回家來。我那時候懷疑過她嗎？可能有、可能沒有，我不記得了。反正有寒大哥陪在她身邊，照顧她也管著她，我一直是這麼放心著的。

但後來證明我錯了，不是嗎？有可能寒大哥也幫她瞞著我。前車之鑑，這點阿存大概再明白不過。他記得他是怎麼得到姵姵的。自作自受，我發現我很難不這麼愉快的想。

後來她結婚了、淡出了，再也沒有一個這麼像親哥哥的人陪在她身邊，照顧她也管著她，阿存是配了個司機接送她，我看過那個司機一次、或幾次，所以我更加確定他不可能做到像寒大哥那樣的無微不至，而且他那副懦弱的樣子顯然也吃不消姵姵的脾氣，他可能索性寧願睜隻眼閉隻眼算了，而這甚至不能說是他怠忽職守。

很少人能夠管得住姵姵，就連寒大哥也經常搖頭：是個任性得可怕的女孩啊、我們的大明星夏天。

而她依舊活躍社交圈，那麼多的誘惑以及那麼多的機會，而阿存又是那麼的忙，忙碌於他成功的事業。婚後的姵姵是不是還能夠玩到夜歸、還能夠喝得醉醺醺這點我很懷疑，但確實婚後她依舊不是那種能夠安分待在家裡的妻子，她——

攪著其實根本就不需要再攪拌的咖啡，我隨口似的問：「是我認識的人嗎？」

看著我，姵姵說：

『嘿，我正看著他呢。』

「……」

『難以相信你一直沒有結婚。』

「這幾年是遇過幾個女人，談過幾段感情，不過總是沒有走到那一步，總是有個什麼不對。」沒有一個人像妳、是妳，不對的是這個，這我明白，明白得很。「我只跟妳求過婚，而妳拒絕了。」

『是你先不肯娶我的。』

「是妳不肯等我！」

『我一直在等你！終於我等到了你說要娶我，用一種同情的口吻告訴我、你可以娶我了，因爲我過得那麼不幸。你只是可憐我吧？』

「妳想太多了。」

『不，就是那樣！但我還是笨得花了好幾天的時間說服自己你可能還是愛我的，你眞的還是愛我吧？但是然後呢？然後你卻已經頭也不回、一走了之，還走得乾乾淨淨，而我還一直來找你，找不到你！傻得連我都看不起自己！而現在？你輕輕鬆鬆的說——』

話語僵在她的嘴邊，而爭執也是，搖搖頭，姵姵轉換了表情也轉換了語氣，她用我熟悉的諷刺笑容，說：『這太荒謬了，都已經這麼多年了，我們居然還在爲了過去的不能再過去的老話題爭吵。我們還有多少的時間可以浪費？』

我們還要浪費多少時間？

「還沒有過去。」我凝望進她的眼底：「我們還是可以結婚，從頭來過。」

『這聽來像什麼？因爲被離婚了所以只好復出，因爲復出失敗，所以只好回頭去找舊情人？』

「明明就不是這麼一回事。」

『但別人看來就是這麼一回事。』

「妳什麼時候在乎過別人怎麼想了？」

『告訴你我怎麼想好嗎？』

姵姵轉頭望著窗外的雨，彷彿訴說的對象是雨不是我，姵姵說：『我想去旅行，和你一起，現在就出發。』

「可是外面雨這麼大……」

『你記不記得我們曾經好遺憾只能打電話不能常見面？然後你來了，接著我們又遺憾只能在車上見面，這裡五分鐘、那裡五分鐘，然後我們終於可以公開見面了，最後我們甚至住在一起了，然後……』

姵姵哽咽著沒再往下說去，沉默了好一會之後，她清了清喉嚨：

『那是我人生中最幸福的時光，未來是那麼的大，可是世界卻小得好像只剩下你和我，只有你和我。』

雨滲進了姵姵的聲音裡、也滲進了她的眼睛，回過頭，姵姵溼了聲音也溼了眼睛，透過眼淚，姵姵凝望著我：

『然後現在我在想，我常常想，是不是我人生中的幸福配額已經用完了呢？』

於是我說：好。

而妳啊，姵姵，是不是在那個當下，妳就已經做了決定？

妳啊……

我們先到旅館拿行李，姵姵堅持她要獨自上樓整理，問我好不好利用這空檔幫她到櫃檯辦理退房手續。

『我的房間很亂，不想被你看到。』

「妳什麼樣子我沒看過？」

『呵，也對。』但她仍堅持：『反正你先去幫我退房，帳單可能很驚人，律師說阿存很可能只幫我付到離婚那天，我是可以打個電話問他，但我不想要淪落到那個地步。』

我要她不用擔心這個。

結果櫃檯人員告訴我，夏先生已經指示退房那天再把帳單送給他就好。這是第一個驚訝，第二個驚訝則是姵姵居然沒讓我等太久就提著小小的行李出現。

「妳的行李就這樣？」

『其他的旅館會幫我處理。』姵姵若無其事的說：『我給的小費讓他們很樂意這麼做，我小費一向給得很大方。』

「喔。」

我們在咖啡廳吃了午餐，然後出發。

當車開出停車場時，姵姵一直說著她想回到舊公寓去拿個東西，我問她什麼東西這麼重要非得帶著一起旅行不可？結果她說是當年我爲她收集的剪貼簿。

「別傻了，旅行帶那種東西幹嘛？那麼厚一本很重，而且那邊很難停車。」

『但那是你送過我最特別的禮物……』

「我以爲是那副鑽石耳環，妳曉得我寫了多少歌才存到錢買下的嗎？」

我試著把話題轉開，結果直到駛離台北時，姵姵都還在叨唸著該回去拿才對。

途中我們下車停了兩次，一次是回老家，一次是在汽車旅館，我沒注意是哪裡的汽車旅館。重新上路的時候，姵姵突然想到什麼的告訴我：

『好好笑，早上你說和月子阿姨在美國什麼什麼的時候，我居然在吃醋。』

「爲什麼？」

『因爲你說的「我們」這兩個字。我一直還停留在你口中的「我們」指的是我和你的時光。』

「傻瓜。」

『阿存說他一直搞不懂爲什麼我那麼愛你。』

「能搞清楚的就不是愛了啊。」

『也對。』

也對。

開車到高雄的時候已經過了黃昏，我把姵姵喊醒，告訴她該找個地方過夜，結果她連身在何處都還沒弄清楚、就立刻指定我們要到愛河附近的那家旅館，我提醒她有很多更新更好的旅館，但結果姵姵就是執意要住那裡。

『終點是愛河。』

放下行李的時候，姵姵沒頭沒腦的說。

「什麼？」

『嘿、你還喜歡我的身體嗎？』

「下午那次不是已經就知道了嗎？」

『呵，我也是。』帶著微笑走進我的懷裡，姵姵輕聲的說：『抱我。』

入夜之後雨還在下著，躺在我懷裡、望著窗外的雨，姵姵看來像是累了、更像是陷入回憶似的，她恍恍惚惚的提起那年我們沒去成的旅行。

『我訂的就是這家旅館。』

「我不知道妳那時候已經訂了旅館。」

『你不知道的事情可多了。』

我不知道在那次的爭吵之後，姵姵還是負氣來了這家旅館，獨自一個人，還有她袋子裡的那包安眠藥。

『與其丟臉的活著，我寧願乾脆的死掉。』姵姵沙啞著聲音說，『每吃一顆安眠藥，我就打一通電話道別。』

第一通是打給我，可是我不在家、當然，我當時已經回部隊，還不曉得我們的感情就要被劃下休止符。

『第二通是打給寒大哥，不是我爸媽、當然，我雖然任性但還不至於狠心，然後是第三通、我打給阿存，亂糟糟的說了什麼我也不記得，我那時候八成已經睡了，搞不好能撥出正確的號碼還是因爲夢遊；反正醒過來是在醫院裡而阿存正在拍我的臉，眞奇怪他是怎麼找到我的？可能是在電話裡我自己說的吧？不曉得，我後來才知道阿存不只很會賺錢、而且還很有辦法。不曉得這次他會不會也爲了我封鎖消息呢？』

「什麼封鎖消息？」

『那是不對的。』

姵姵沒有回答我，姵姵自顧著說；直到此刻我才意識到她的思緒跳躍並且混亂，或許打從一開始在早上見面時就這樣、只是我沒有發現而已，我想。

那是不對的。我以爲她指的是那年試圖結束自己的生命，然後此刻姵姵的思緒卻已經跳躍了過去。

『分手之後我一直好恨你，我恨我愛你，分手之後還是愛著你。我一直把你想得好糟好壞，也對任何人都這麼說，寒大哥、月子阿姨、阿存、所有我們共同認識的人，那麼多人。

『我們會分手、都是你的錯，是你不要我，是你辜負我。我一直告訴自己這麼想，一直這麼想，好像這麼想才能不會再愛你，才能掩蓋我還愛著你的這事實；有好幾年的時間，我一直這麼相信，然而悲哀的是，在那幾年的時間，我卻還是愛著你，還是好想你，所以我出席那麼多的場合、以爲能夠遇到你，和那麼多人還見面，就是爲了能夠聽到你的消息。當我明白到這一點的時候，我眞的快崩潰，我寧願我是眞的就崩潰。

『然後是死亡，我媽媽的死，你媽媽的死。死亡讓我慢慢回憶也慢慢明白，分手不只是你的錯，也包括我的錯；我慢慢慢慢想起，想起你對我的好，想起我們曾經那麼好，那麼好的感情怎麼可以連句再見也沒說的就結束呢？那是不對的，我們應該好好的說再見，不是嗎？

『然後上一次見面，我都已經懷抱著要跟你好好說再見了，可是又不行了，我眞的好後悔好後悔，我好怕那會是我們最後一次見面，而我們的最後一次見面、我還是沒有好好的跟你說聲再見、甚至說聲感謝，感謝你那幾年的好、感謝你那幾年的愛，我好、我——』

姵姵混亂的說，然後痛快的哭，就這麼哭著直到睡著在我的懷裡。

我們睡得很晚但卻醒得很早，醒來之後的姵姵與其說是精神狀態已經完全恢復、倒不如直接說是重新活了過來，她不但愉快而且滿不在乎的把我搖醒，甚至還要我一起下樓去吃早餐；沒有人認出她是夏天，我察覺到這一點，而姵姵也是，對此姵姵開朗的自嘲：我自由了，沒有人認出夏天了。

準備check out的時候，我問她是要多留幾天還是就直接回台北？再往南開，姵姵這麼告訴我：我們要繞一圈才回台北。

『我們要完整的繞完台灣。』

幾乎都是開車，在回程的這一天，這半天。

我們在墾丁踩了沙灘，而這實在很瘋，因爲雨還下著；接著我們就近找了旅館稍作停留，然後就這麼開車直到台東市區找了餐廳吃份稍遲的午餐，開到花蓮的時候我問姵姵要不要再找家旅館過夜？結果姵姵搖搖頭，她要我繼續往北開。

我繼續開車。

『你會不會覺得很無聊？一直在開車？』

「和妳在一起我從來就不會無聊。」

『聽來像是老夫老妻的甜言蜜語。』

「是眞心話。」

『我倒是很喜歡，這讓我想起車上約會的那段時光，眞不想就這麼結束。』

「不會結束啊。」

『就快要結束了。』

姵姵篤定的說，不等我反應過來，她便問我一九九五年的時候人在哪裡？楞了好一會、我才反應過來她其實想說的是什麼。

「不是在美國就是在歐洲，但反正不管是在哪裡，到處都有人在談論世界末日。」

『一九九五閏八月。』姵姵心有餘悸似的說：『天曉得我那時候眞的好害怕，每天都在猜想末日到底會怎麼來？是大洪水嗎？還是大地震呢？』

「也可能是彗星撞地球，然後地球整個大著火。」我開玩笑的說，「事實證明那只是無聊的謠言。」

『但這次我覺得是眞的，世界末日就要到了，而且就在今年年底了，我們活不過今年的。』

我嗤之以鼻，然而姵姵卻固執的說：『眞的，我們活不過今年，所有人都活不過千禧年，很多人都這麼說，越來越多人這麼說。』

「然後所有的謠言都會終止在一九九九年的最後一天。」

『因爲世界末日到了，地球就要毀滅了。所以想想也沒差，復出失敗又怎樣，反正再過不久所有人都要死了，所以復出又能怎麼樣？根本就不應該復出的，所以或許我們根本也不應該再復合。』

我覺得有個什麼不對。收起了笑容，我說：

「這怎麼可以相提並論呢？」我不高興的告訴她：「而且到了那一天所有人都會知道這只是又一個謠言，很多人都在說、而且越來越多人這麼說的謠言。」

『不是謠言，是眞的。』

不理她，我繼續說：「然後妳曉得嗎？過了一陣子、可能好幾年，接著又有謠言傳出，信誓旦旦的告訴我們另一個世界末日在哪一年的哪一天，說不準還明確的指出是幾點又幾分——」

『我覺得這是真的。前一陣子不是有個大地震嗎？在土耳其，然後——』

打斷她，我說：「我們不要再聊這個了好嗎？我覺得好白痴。」

沉默了一下子之後，姵姵還是沒有想要停止的打算，她問我：

『到了世界末日的那一天，你會想要做什麼？』

「和妳在一起，抱著妳睡覺。」

『那今天就可以是世界末日了。』

「從今天開始的每一天都可以是世界末日了。」

『我不想要等到那一天，被水淹、被土埋，甚至是被火燒，那麼多的人在尖叫著逃命，連太陽說不定都不見了，天昏地暗的、好恐怖，在那種情形之下、我們怎麼能夠好好在一起，甚至是睡覺？』

「姵姵——」

『我不想要這麼提心吊膽的過下去，更不想要和你一起尖叫著逃命，我搞不好還會嚇得尿褲子。我想要我們好好的在一起，好過癮的睡覺，然後好好的劃下句點。所以何必等到那一天，反正也不過剩半年。』

「姵姵！」

『我好累，我想要喝咖啡。』

「什麼？」

指著前方的咖啡館，姵姵說：『我們喝杯咖啡吧，好嗎？』

我鬆了口氣，終於這個話題可以就此結束；我不喜歡姵姵聊起這個話題，更不喜歡聊起這話題時她的表情，迷離的表情。

剎車，打檔，停車。

按著我打算熄火的手，姵姵說：『我去買就好，我們在車上喝，已經快到台北了。』

「妳打算今天回台北？」

『對。因爲我們的起點在台北。』

我沒在意姵姵的這句話，我在意的是外頭的大雨。

「可是還下著雨……」

『沒關係，淋點雨還更詩意。』

上車，開車。

接過姵姵遞來的咖啡，喝了一口之後，我疑惑的看著她，聽她說：

『愛爾蘭咖啡，裡頭摻了一點酒，不過我想應該沒關係，反正分量不多，而且咖啡因可以緩和。』

「喔。」

『剛才應該要你一起下車買咖啡的，這樣我們就可以一起淋雨了。』

置物箱裡有把傘。我想說，可是我直視著前方沒有說，我感覺自己握著方向盤的手好像有點鬆，我開始睏了。

姵姵還在繼續說：

『我們有一起淋過雨嗎？你記得嗎？』

搖搖頭，我想把腦子裡的睏意搖走，可是辦不到，我越來越睏。

『嘿，聽我說，謝謝你，不只是一起度過這麼美好的一天，整一天，還有我們的這一輩子，這份愛。』

「姵姵？」

『好久以前謙謙也問我，還想不想要再結婚？我告訴她不要了，我是眞的不想再結婚了，我不適合婚姻生活，繞了一大圈終於我明白的是這點。

『然後我接著想起你，想到你，然後你知道怎麼嗎？我想到的不是和你結婚，一起變老什麼的，我好累，活得好累，我沒有力氣變老了，也沒有力氣等到世界末日那一天。而且如果真到那一天、你又走掉了怎麼辦？或者是我們又吵架了分開了怎麼辦？我一個人孤零零的尖叫著逃跑嗎？那好悲哀。

『所以是的，我想要自己決定就是今天，和你一起，到最後，我想要你的全部，甚至是你生命的最後一刻。抱歉我這麼自私，而且還任性得可怕。不過你早就知道我這點的，不是嗎？』

「姵姵……」

『安眠藥，抱歉我擅自決定，不過我的沒有，我想要清醒的看著你，直到我們生命的最後一秒，都清醒的看著你，我愛了一輩子的你，用了一輩子去愛的你。我愛你，我想要這是我對你說的最後一句話，我愛你。』

這是姵姵對我說的最後一句話，接著她解開安全帶，側過身來吻了我，吻住我，我聞到她身上的香水味，我看到她伸手橫了方向盤，我閉上了眼睛，我——

張開眼睛，我看見阿姨站在我眼前，翻著一張張的舊照片，回憶我們的從前，還只是姵姵的夏天，還不是我們的我們。

『所以呢？你和姵姵怎麼了？』

我想說，但我沒有力氣說，我覺得好痛，有人一直在推我。

『我一直還停留在你的「我們」指的是你和我的時光。』

姵姵的這句話彷彿還在我的耳邊縈繞。

『我去給你下碗麵，很快的。』

媽媽！

我拚了命的喊出口，可是媽媽聽不見，她轉身走，走向阿嬤的身邊，阿嬤說：

『你的車還沒來呢。』

我喊了出口，但卻沒了聲音。他們一直在推我。回過頭，是陳媽媽。

『小時候我好喜歡抱你，眞希望你就是我兒子。』

對不起……

而陳爸爸則說：

『你們應該在一起的。』

對不起。

『嘿，對不起。』

站在我的眼前，姵姵說，我想看清楚她的臉，可是燈光那麼強，而且他們一直在推我。

『我愛你。』

我覺得好冷，我想問她可不可以抱著我，可是姵姵卻慢慢的變小，而且越來越淡。

『謝謝你。』

她彷彿還在說。

『該回去拿才對。』

變小變淡的姵姵，身上的香水味卻越來越接近，接近，接近……

倒抽了一口氣我冷醒過來，取而代之的不是姵姵的香水味，卻是醫院的刺鼻藥水味，接著張開眼，阿存的臉，就在我眼前。

——不曉得這次他會不會也爲了我封鎖消息呢？

腦子裡閃過姵姵說的這句話，然後接著阿存說：

『他活過來了。』

——The End——

妳沒說再見／橘子作. -- 初版
-- 臺北市：春天出版國際, 2010. 06
面；　公分. --（橘子作品集；24）
ISBN 978-986-6345-24-1（平裝）
857.7　　　　99006788
國家圖書館出版品預行編目資料

妳沒說再見

橘子作品集 24

作　　者◎橘子
總 編 輯◎莊宜勳
主　　編◎鍾靈
封面設計◎克里斯

發 行 人◎蘇彥誠
出 版 者◎春天出版國際文化有限公司
地　　址◎台北市忠孝東路四段303號4樓之一
電　　話◎02-2721-9302
傳　　真◎02-2721-9674
E-mail　◎frank.spring@msa.hinet.net
網　　址◎http://www.bookspring.com.tw
部 落 格◎http://blog.pixnet.net/bookspring
郵政帳號◎19705538
戶　　名◎春天出版國際文化有限公司
法律顧問◎蕭顯忠律師事務所
出版日期◎二〇一〇年六月初版一刷
定　　價◎220元

總 經 銷◎楨德圖書事業有限公司
地　　址◎台北縣新店市復興路45號3樓
電　　話◎02-2219-2839
傳　　真◎02-8667-2510
排　　版◎浩瀚電腦排版股份有限公司
印 刷 所◎鴻霖印刷傳媒股份有限公司

ISBN 978-986-6345-24-1
Printed in Taiwan